AF279975

Vollständig überarbeitete Neuauflage:
Kapferer, J. (2012). Stumme Schreie aus der Dunkelheit
(1. Aufl.). eu-media222 (nicht mehr lieferbar)

Illustrationen: Christian „Yeti" Beirer
www.christianyetibeirer.at

Lektorat: Jasminka Kapferer und Sabine Schletterer
Layout: Alexander Augustin

Verlag: BoD · Books on Demand GmbH, Überseering 33,
22297 Hamburg, bod@bod.de
Druck: Libri Plureos GmbH, Friedensallee 273, 22763 Hamburg

ISBN: 978-3-7693-8761-2

Johann Kapferer

Schattenzwillinge

Ein Jugendkrimi aus Tirol

Für
Jasminka und Eva

»Es gibt auf dieser Welt einen einzigen Weg, den nur du allein gehen kannst. Wohin er führt? Frag nicht, geh ihn«

(Friedrich Nietzsche)

Inhalt

Prolog – April 2023

Mick ließ seinen Blick langsam vom Galzig, dem Hausberg von St. Anton, hinunter ins Tal wandern. Ein dünner Schneestreifen schlängelte sich wie eine Riesenschlange die Hänge hinab, bis vor die Tore des weltbekannten Skiortes am Arlberg.

Rechts und links davon begann auf den Wiesen bereits zart das erste Frühlingsgras zu sprießen und hüllte das Gelände bis zur Baumgrenze in helles Grün. Die vielen Sportlerinnen und Sportler, die an diesem Samstag, Ende April in Scharen nach St. Anton gekommen waren, zeigten sich davon unbeeindruckt.

Sie waren an diesem letzten Betriebstag der Bergbahnen auf etwas Anderes fokussiert. In wenigen Stunden ging eines der spektakulärsten Skirennen weltweit über die Bühne, »Der Weisse Rausch«. Das erklärte auch, warum die Meisten von ihnen in einen engen Rennanzug gezwängt waren.

555 Wagemutige hatten es am Ende geschafft, eine der begehrten Startnummern für das Rennen zu ergattern. Am späten Nachmittag versammelten sie sich oben am Vallugagrat auf fast 2.700 Meter Seehöhe und harrten dem Betriebsschluss der Lifte entgegen. Wenn dann um Punkt 17 Uhr endlich der erlösende Startschuss für die erste Gruppe erfolgte, gab es kein Halten mehr. In einem Massenstart stürzten sich die Furchtlosen gleichzeitig in die Tiefe. Für sie galt nur eine Devise. Die rund 1.350 Höhenmeter der neun Kilometer langen Rennstrecke so schnell wie möglich zu bewältigen.

Diese Challenge war wirklich nur etwas für Hartgesottene. Eine Herausforderung, an der sich oft sogar perfekt trainierte Athletinnen und Athleten die Zähne ausbissen. Denn der Berg forderte einem alles ab. Schon beim geringsten Fehler lief man Gefahr, dass er einen gnadenlos abwarf. So manche, die dies unterschätzten, fanden sich am selben Tag, anstatt auf der Siegertreppe, im Krankenhaus wieder.

Mick verfolgte aufmerksam, wie die vielen kleinen Punkte, einige schneller, andere langsamer, die Piste entlang nach unten strebten. Mit dem weißen Rausch als finalem Höhepunkt neigte sich an diesem Samstag bei strahlendem Sonnenschein auch eine lange Wintersaison dem Ende zu. Für den jungen Mann erfüllte sich mit dem Rennen ein Traum. Nach alldem was hinter ihm lag, grenzte es an ein Wunder, dass sein Körper und vor allem sein Geist schon für diese Strapazen bereit waren.

Obwohl Mick gerade in Gedanken schwelgte, blieben seine Augen kurz an einer der Schneekanonen hängen, die über das ganze Gelände verteilt standen. Wie bei einem Hochdruckreiniger zischte das Gemisch aus Wasser und Luft hauchfein aus den vielen Düsen der vorderen Öffnung des Geräts. Dieser technisch erzeugte Schnee zog sich dann wie eine Nebelwolke in einem weiten Bogen über die Piste, um punktgenau in dem vorgesehenen Abschnitt vom Himmel zu rieseln. So blieben die Hänge selbst in Zeiten des Klimawandels sogar im Frühjahr bis ins Tal befahrbar.

Wie das Triebwerk eines Jets stand das Gerät in gelber Signalfarbe deutlich sichtbar am Pistenrand und beschneite in einer Tour den Hang. Unbeeindruckt von all dem Trubel, der heute hier am Berg herrschte. Doch die Zeit nahte in Riesenschritten, in der diese Maschinen ihre verdiente Pause einlegten.

Etwas unterhalb davon sah Mick mit freiem Auge die zahlreichen Buckel, die sich über die gesamte Piste verteilten. Kleine Hügel aus nassem, pappigem Frühjahrsschnee, aufgehäuft von den scharfen Kanten der Skier und Snowboards. Wie Pickel im Gesicht von pubertierenden Jugendlichen zogen sie sich bis hinunter ins Tal. Dadurch wurde die Abfahrt für alle zusätzlich erschwert.

Der junge Mann hielt sich schützend die rechte Hand vor Augen. Der Schnee reflektierte im hellen Licht der Frühlingssonne, wie Partyglitter.

Micks Blick blieb an einer der drei imposanten Barrieren aus Schnee hängen, die gerade im Schlussteil aufgebaut wurden. Eine Pistenraupe brachte das Hindernis mit ihrer breiten Frontschaufel in die finale Form. Diese künstlichen Hürden am Ende einer kräfteraubenden und nicht präparierten Rennstrecke verlangten von den Teilnehmenden noch einmal alles ab. Hier galt es, die letzten Kräfte zu mobilisieren, um ein Scheitern, so kurz vor dem Finale, zu verhindern. Die restlichen Meter bis ins Ziel kämpften sich die Athletinnen und Athleten, mit Ski oder Snowboard in der Hand, zu Fuß durch den aufgeweichten Schnee.

»Voll krass, dieser letzte Teil. Der Rest der Strecke sieht sicher nicht besser aus. Da geht heute ordentlich die Post ab. Hoffentlich reicht meine Kondition dafür aus«, sagte Mick leise, bevor er seinen Kopf zu Mirjam drehte, die neben ihm am Beifahrersitz saß.

»Niemand zwingt dich dazu, Schatz. Das hier geschieht alles freiwillig«, antwortete sie und warf ihm dabei einen prüfenden Blick zu.

»Ja, aber mein Entschluss steht fest. Ich ziehe das heute durch und bezwinge dieses Biest«, grinste er und zog seine Freundin näher zu sich heran.

»Es ist deine Entscheidung. Ich wünsche mir bloß, dass du auf dich aufpasst! Wenn nur die Hälfte von den Geschichten stimmt, die ich über dieses verrückte Rennen gehört habe, laufen mir schon kalte Schauer den Rücken hinunter. Ich hätte dich gerne in einem Stück wieder zurück«, antwortete sie, bevor sie ihm einen Kuss auf den Mund drückte.

Mick lächelte sie zuversichtlich an. »Keine Sorge, mein Schatz. Ich bringe das über die Bühne«, sagte er, dabei bemühte er sich, so gechillt wie möglich zu klingen.

Doch der Blick des jungen Mannes sprach Bände. Er sah tief in Mirjams gletscherblaue Augen. Sein Gesicht spiegelte sich darin wider, wie in einem klaren Bergsee. Micks Herz begann zu pochen. Was hätte er dafür gegeben, mit dieser Frau jetzt an einem einsamen Ort zu sein, wo die Zeit nur für sie beide schlug.

»Du brauchst mir nichts zu beweisen, das weißt du. Ich liebe dich ohne dieses verrückte Rennen genauso«, holte ihn Mirjam zurück aus seinen Gedanken.

»Klar, aber du kennst den Grund dafür selbst am besten. Allein, dass ich mir diese Challenge nach alldem, was war, überhaupt zutraue«, Mick schüttelte den Kopf, dabei streichelte er ihr sanft über ihre Wange, »ich glaube es selbst kaum. Das alles verdanke ich nur dir, meine starke Löwin. Ich liebe dich. Mach dir deshalb keine Sorgen, ich komme in einem Stück zurück«, grinste er.

Mick öffnete langsam die Autotür, dabei checkte er gleichzeitig mit einem raschen Blick den weitläufigen Parkplatz vor dem Bahnhof ab. Über die Hälfte der Plätze war frei. Er setzte seine Füße auf den Asphalt und schlüpft aus seinen Sneakers, an denen wie immer die Schuhbänder fehlten. Zudem war ein Schuh in roter, der andere in oranger Farbe, ein Markenzeichen von ihm.

Im Schutz der offenen Fahrertür seines dunkelroten Alfa Romeo streifte sich Mick die schwarzrot gestreiften Jeans von den Beinen. Er sah sich kurz um, bevor er sich in den engen Rennoverall zwängte, den ihm Mirjam aus dem Wagen reichte.

»Shit, ist der eng! Entweder zu heiß gewaschen, oder ich habe in den letzten Monaten an Gewicht zugelegt«, wunderte sich Mick.

Er hielt mitten in seiner Bewegung inne. Klobige Schritte waren zu hören. Es klang wie das Klappern von Skischuhen auf Asphalt. Mick drehte seinen Kopf in die Richtung, aus der sich das Geräusch rasch näherte.

Sekunden später tauchte ein junger Mann mit schulterlangen, blonden Haaren und einem rötlich angehauchten Dreitagebart, in seinem Blickfeld auf. Den Reißverschluss des engen Rennanzugs im Ski Austria Design hatte er bis zum Bauch geöffnet.

Beim Vorbeigehen hob der junge Mann die Hand zum Gruß, dann steuerte er auf einen schwarzen Audi Kombi zu. Bevor er die Heckklappe öffnete, drehte er sich zu Mick um.

»Sauschnell, heute. Das wird echt eine Challenge. Da musst echt aufpassen, dass dich der Berg nicht abwirft«, sagte er.

Mick hob die Hand. »Danke für den Tipp und alles Gute für das Rennen.«

Eine grüne Piaggio Ape

Nahezu im selben Moment wurde die Luft vom Heulen eines überdrehten Zweitaktmotors erfüllt. Mick sah in die Richtung, aus der das schrille Geräusch kam. Sekunden später tauchte ein in grün lackiertes Piaggio Ape Dreirad mit gelben Rauten auf beiden Türen auf. Auf der Rückseite der Fahrerkabine war ein zusammengeschweißter Skiträger aus Metall montiert. In der Mitte dieser Halterung leuchtete ein Paar knallgelbe Atomic ARC Rennskier aus den 80'er Jahren heraus, die mit Lederriemen an der Konstruktion festgezurrt waren. Die gelben Bretter ragten fast einen Meter über das Dach der Ape hinaus. Ein Paar rote Skischuhe, die ihrem Design nach locker mit dem Alter der Skier mithalten konnten, lagen daneben auf der Ladefläche.

Hinter dem Steuer des Dreirades saß ein breitschultriger Mann mit einem buschigen, braunen Schnurrbart. Die Ärmel seines rotweiß karierten Flanellhemdes hatte er bis zu den Ellenbogen hochgekrempelt. Auf dem Kopf trug der Lenker des Gefährts eine abgewetzte, schwarze Fliegerhaube aus Leder mit einem Innenfutter aus Kunstpelz. Die dazugehörige Schutzbrille, die auf seiner Stirn saß, erinnerte eher an einen Alpinisten aus längst vergangenen Zeiten, als an einen Skiläufer. Mit einem Ruck öffnete sich die linke Tür und der Mann setzte einen Fuß auf den Asphalt. Beim Versuch auszusteigen, geriet die Ape gefährlich in Schräglage. Ein Hinterrad hing schon bedenklich in der Luft. Laut vor sich hinfluchend, versuchte der Mann seinen Körper aus der engen Kabine zu wuchten.

»Fixsacklzement! Sauglump bledes! I häng fest. Zefix no amol, wenn i da einikemmen bin, muass i decht a wieder aussi'kemmen!«, maulte er lauthals, während er sich aus dem Gefährt befreite.

Mick hielt mit einem breiten Grinsen im Gesicht die Fahrertür auf. »Servus Korbi. Auch schon da? Wie war die Anreise mit deiner Dreiradrakete?«, grinste er.

Der Angesprochene versuchte sich noch immer aus dem Vehikel zu schälen. Der Mann schüttelte verärgert den Kopf.

»Lass das blöde G'red, du Depp du. Im Flirschertunnel ham mi die Buz aussig'fischt. Dös hat vielleicht an Auflauf geb'm. Mit Blauliacht ham's mi aus dem Tunnel eskortiert. Was kunn i denn dafür, wenn mei Ape mit der roten Nummerntafel nit für a Schnellstraß'n zuag'lassn isch. So a depperte Vorschrift muass oan erst a'mal einfallen! Des versteht ja koa Mensch, aber de Sesselfurzer, de so eppes aus'hecken, ham ja alle an Schofför«, schimpfte der Mann, »des beste kimmt erscht no. An Fuffz'ger wollt'n die Weisskappler von mir. Nacha hun i g'scheid auf'drahnt, des kunnsch mir glab'm«, der Lenker fuhr sich nachdenklich mit der rechten Hand durch den Schnurrbart, »das hätt' i besser nit g'macht. Am End' hun i dann sogar an Hunderter peckt. Der Buz hat g'moant, i kunn von Glück red'n, dass er mir nit mei Ape abstellt und mi wegen Beamtenbeleidigung bei der Bezirkshauptmannschaft unzoagt. A so a Sauerei, a so a blede!«, ärgerte sich der Mann.

»Jetzt komm doch erst einmal runter vom Gas, Korbi«, sagte Mick.

»G'schaftl nit so deppert. Mit dem Hunderter wollt' ich's heut nach dem Rennen ordentlich krachen lassen. Außerdem, wenn du no amol Korbi zu mir sagscht, dann kriagsch a Fotzn, dass dir vierzehn Tag die Wange nachbrennt! Und jetzt hear auf so g'scheid daherredn, sondern hilf mir lieber aus dem depperten Gratten aussi, bevor i mir no mein Kreuz verreiß«, beschwerte sich der Mann und gestikulierte heftig mit der linken Hand vor Micks Gesicht herum.

Der leicht reizbare Herr hieß mit vollem Namen Korbinian Krug. Er war Landwirt und kam aus der Marktgemeinde Zirl, etwa 13 Kilometer westlich der Tiroler Landeshauptstadt Innsbruck gelegen. Seiner markigen Sprüche wegen war Krug weit über die Ortsgrenzen seiner Heimatgemeinde hinaus bestens bekannt. Zudem war er ein glühender Fan des am 1. Mai 1994 beim Großen Preis von San Marino in Imola tödlich verunglückten dreimaligen Formel 1 Weltmeisters Ayrton Senna. Dem Rennfahrer zu Ehren hatte er seine Piaggio Ape, in den brasilianischen Nationalfarben, eine gelbe Raute auf grünem Grunde, lackiert. Mit diesem Gefährt war er von Zirl nach Sankt Anton am Arlberg gefahren, um dort am legendären weissen Rausch teilzunehmen.

»Jetzt krieg dich erst einmal wieder ein, Korbi. Aber was heißt nach dem Rennen? Sag bloß, dass du noch eine Startnummer ergattert hast?«, schüttelte Mick den Kopf, während er Korbinian Krug aus der Ape half.

Der Landwirt bewegte seine Beine. »Sakra war des eng. Da muass der Kreislauf erst no in Schwung kemmen. Griaß di, Mirjam. Endlich a Lichtblick heut«, begrüßte er Micks Freundin, die jetzt ebenfalls dazugekommen war, dann sah er den jungen Mann fragend an, »wia hasch des iatzt mit der Nummer g'moant? Des war hoffentlich lei a Hetz, weil des weart decht epper koa Problem sein, dass i da heit mit'fahr! I kauf mir bei der Liftkassa a Karten für a anfache Fahrt auffi auf die Valluga und nacha lass ich's bei der Abfahrt g'scheid tusch'n. Oder glabsch, i hun heut meine Rennlatten umsonst dabei?«, antwortete der Landwirt zuversichtlich.

»Korbi, du bist und bleibst unverbesserlich. Das Starterfeld für den weissen Rausch steht doch schon seit Monaten fest. Die 555 Tickets sind längst ausverkauft«, schüttelte Mick den Kopf.

»Ach so, dös wär ja no schianer! Ja glab'sch i hun den weiten Weg umsonscht g'macht. Des werarn mir no segn. Und wia i da mit'fahr. I klär des jetzt gleich drüben bei der Liftkassa. Was moanen denn de Saubeitl, wer sie sein. Denen hoaz i iatzt aber glei g'scheid ein!«, entgegnete Korbinian Krug empört.

Mit verbissenem Gesicht zwängte er sich wieder zurück in die enge Kabine seiner Ape und schlug die Fahrertür zu. Während er wütend den Motor anwarf, sah er Mick entschlossen an. »Des zoag i dir no, wie mir de a Startnummer geb'n. I hoff lei, das i dort nit z'viel Zeit verplemper, weil es kimmt no wer zuaschaug'n. Aber des isch a Überraschung. Da wearsch Aug'n mach'n«, rief er, dann drehte er heftig am Gas der Ape.

Mick schüttelte den Kopf, dabei legte er Mirjam seinen Arm um die Schulter. »Korbinian Krug, wie er leibt und lebt. Was wäre die Welt ohne dieses Original?«, grinste er.

Inzwischen hatte der junge Mann mit dem Dreitagebart die Heckklappe seines Audi geöffnet. Mick zählte drei Paar Skier im Wagen. »Respekt, alles vom Feinsten. Das sieht man von hier aus«, sagte er bewundernd, dann dehnte er die Arme weit nach hinten, um die Muskeln aufzuwärmen.

»Deine Ausrüstung hält hier locker mit«, holte ihn Mirjam aus seinen Gedanken und deutete auf seinen Rennski im Inneren des Alfa Romeo.

»Passt ja. Obwohl ein zweites Paar wäre nicht schlecht gewesen«, schüttelte Mick den Kopf, dann bückte er sich und zwängte seine Füße mühsam in die orangen Skischuhe.

Mirjam sah ihm eine Weile schweigend dabei zu. »Du bist perfekt ausgestattet. Ich besorge inzwischen das Parkticket. Weißt du, wo der Automat ist?«, fragte sie, während sie langsam die Beifahrertür schloss und den Blick suchend über den Parkplatz schweifen ließ.

»Dort drüben steht einer«, grinste Mick und deutete in die Richtung. »Aber hast du vorher nicht etwas vergessen?« Der junge Mann richtete sich auf und warf seiner Freundin einen vielsagenden Blick zu.

»Was denn?«, lacht Mirjam und kam lachend auf ihn zu.

Sie schlang die Arme um Micks Hals. »Ich liebe dich. Du hast ja gehört, was er gesagt hat«, sie deutete mit dem Kopf hinüber zu dem jungen Mann vor dem schwarzen Audi Kombi, »pass bitte auf.«

Mick nickte zuversichtlich. »Versprochen. Bevor es zu schnell wird, bremse ich ab«, sagte er.

Doch Mirjams Blick sprach Bände. »Ich sage das nicht bloß zum Spaß«, antwortete sie.

Mick sah ihr nach, wie sie mit federnden Schritten auf den Parkscheinautomaten zusteuerte. *»Alter, was habe ich bloß für ein Glück mit dieser Frau«*, strahlte er glücklich, bevor er sich wieder mit seinen Skischuhen abmühte.

Mirjam war der wichtigste Mensch in Micks Leben. Die beiden besuchten dieselbe Schule. Seit knapp drei Jahren waren sie ein Paar. Sie war für ihn wie ein Fels in der Brandung, der selbst den widrigsten Gezeiten trotzte.

Versunken in seine Gedanken wurde Mick von zwei Raben abgelenkt. Laut krächzend flogen sie über den jungen Mann hinweg. Einer der Vögel hielt etwas im Schnabel. *»Die beiden streiten sich sicher um Futter. Bei den Tieren verhält es sich gleich, wie bei uns Menschen. Einer ist immer genau auf das scharf, was jemand anderer besitzt«*, schüttelte er den Kopf.

Inzwischen war Mirjam wieder beim Auto angelangt. Sie legte das Parkticket hinter die Windschutzscheibe. »Jetzt aber nichts wie los und ab auf die Piste. Nicht, dass ich am Ende den Weg nicht herunter finde«, mahnte sich Mick zur Eile.

Knapp zwanzig Minuten später stieg er in eine Gondel der Galzigbahn. Mit ihm waren noch drei weitere Sportler auf dem Weg nach oben. Als sie über der Talstation schwebten, sah er unter sich die grün lackierte Piaggio Ape mit den gelben Rauten an den Türen am Busterminal stehen. Vor dem Dreirad diskutierte Korbinian Krug aufgeregt mit zwei Männern. Mit beiden Händen wild gestikulierend hüpfte er vor ihnen herum wie ein Tanzbär, der nicht das bekommen hatte, was er wollte.

Kopfschüttelnd sah Mick dem Treiben zu. *»Ich habe dir ja gesagt, dass es keine Startnummern mehr gibt«*, grinste er.

Ohne Vorwarnung tauchten sie dann plötzlich wieder in seinem Kopf auf. Mick hasste diese Bilder, die ihn damals für lange Zeit fast an den Rand des Wahnsinns getrieben hatten, doch er konnte sich nicht dagegen wehren. Wie ein Film lief das Geschehene, wie schon hunderte Male zuvor, vor seinem geistigen Auge ab.

Der Verfolger war dicht hinter ihm. Er konnte förmlich den Atem des Mannes im Nacken spüren. Dann wie aus dem Nichts dieser schwarze Schatten. Die Augen seines Verfolgers starren ihn fassungslos an, so als ob sie nicht verstehen konnten, was gerade passiert war. Im nächsten Augenblick war der Mann verschwunden. Doch der Anblick dieser Augen brannte sich tief in sein Gedächtnis ein.

Dank Mirjam war es schon eine Weile her, seit ihn diese Bilder das letzte Mal heimgesucht hatten. Er dachte, er hätte all das überwunden. Umso heftiger war seine heutige Reaktion darauf.

Als Mick eine knappe Viertelstunde später oben am Galzig in die Gondel der Valluga-Bahn I umstieg, war er schweißüberströmt. Die vollbesetzte Seilbahn nahm er nur am Rande wahr. Die Augen des Mannes verfolgten ihn schon, seit sie die Talstation verlassen hatten.

Mick atmete mehrmals hintereinander tief durch und versuchte, sich auf sein Umfeld zu konzentrieren. Langsam ließ er seinen Blick durch die Runde schweifen. Die 45 Personen fassende Kabine war bis auf den letzten Platz besetzt. Wagemutige, die, so wie er, zur Bergstation auf fast 2.700 Meter Seehöhe strebten. Eine Mitarbeiterin der Bergbahnen wartete geduldig ab, bis alle die Kabine bestiegen hatten, dann schloss sie die Tür.

Es gab einen leichten Ruck, als sich die Gondel in Bewegung setzte. Während sie nach oben schwebten, hielt Mick seine Rennskier mit dem rechten Ellenbogen dicht an den Körper gepresst. Langsam gelang es ihm, seine Gedanken wieder halbwegs unter Kontrolle zu bringen und auf das Rennen zu fokussieren. Sein Blick blieb kurz an seinen beiden, in Leuchtrot lackierten, Skistöcken hängen.

Der junge Mann schloss für einen Moment die Augen. Der Geruch des Wachses, mit dem er heute in der Früh den Belag seiner Skier sorgfältig bearbeitet hatte, stieg ihm dabei in die Nase. Das brachte ihn auf andere Gedanken. Bevor er das Gleitmittel mit dem Wachsbügeleisen auftrug, hatte er die Laufflächen mit einer Bürste aus Kupferdraht gereinigt. Nach dem Auftragen des Wachses präparierte er den Belag zusätzlich mit unterschiedlichen Strukturbürsten. Am Ende wurde alles fein säuberlich mit einem Mikrofasertuch poliert. Der Wachsgeruch schien zu helfen, seine Aufregung ein wenig zu verdrängen. Ein wohlig vertrautes Gefühl durchströmte ihn. Micks erhöhte Pulsfrequenz sank langsam etwas nach unten.

Er öffnete die Augen wieder und ließ den Blick weiter durch die Gondel schweifen. Ein kurzes Lächeln huschte über seine Mundwinkel. Gleich wie er selbst waren die meisten in einen engen Rennanzug gezwängt. Deutlich sichtbar zeichneten sich die Konturen der Rückenprotektoren unter dem elastischen Material der Anzüge ab. Die Gesichter der anderen, die mit ihm dem Berg entgegen schwebten, wirkten ebenfalls angespannt. *»Die sehen alle auch nicht besser aus, als ich«,* fuhr ihm kurz durch den Kopf, dabei langte er nach einer der Halteschlaufen, die von der Decke der Gondel baumelten.

Wie durch Watte gefiltert drangen vereinzelte Gesprächsfetzen an sein Ohr. Gleich wie bei ihm selbst stand allen anderen die Nervosität und die Anspannung über das bevorstehende Rennen deutlich in die Gesichter geschrieben. Oben an der Bergstation kam plötzlich Bewegung in die Gruppe. Unter den Rennläufern machte sich Hektik breit, als alle gleichzeitig dem Ausgang entgegenströmten.

Im Gegensatz zu den anderen blieb Mick noch kurz in der Gondel zurück. Er atmete tief durch, bevor er sich nach draußen begab. Langsam sah er sich um. Er erschrak über das hektische Treiben, das hier bereits abging. Obwohl der Start erst in drei Stunden war, herrschte im Startbereich, wenige Meter von der Ausstiegsstelle entfernt, schon reger Betrieb. Ein junger ORF-Reporter mit einem Mikrofon in der Hand und einem Kameramann im Schlepptau, bemühte sich, Interviews von den Teilnehmerinnen und Teilnehmern zu bekommen.

Mit so einem Auflauf hatte Mick nicht gerechnet. Er wich dem ganzen Trubel aus und hielt sich abseits. Damit versuchte er, einen klaren Kopf für das Rennen zu behalten. Mit gezielten Dehnübungen begann er die Muskeln seines durchtrainierten Körpers aufzuwärmen. Es dauerte nicht lange, und er war wieder im Tunnel, der seine Gedanken nur noch auf das Eine fokussierte. Mick war jetzt so auf das bevorstehende Rennen konzentriert, dass er sogar die Bilder von diesen Augen, die ihn fragend anstarrten, vergaß. Die Erinnerung daran, wie die ganze Geschichte damals vor knapp zehn Jahren ihren Anfang genommen hatte, blendete er im Moment ebenfalls völlig aus.

Ein einsamer Lagerraum (Sommer 2015)

Es war Ende Juni, die Sonne brannte schon seit Wochen ununterbrochen vom Himmel. Eine brütende Hitze überzog das ganze Land. Wie ein glühend heißer Atem schlich sich die aufgeheizte Luft bis in die entlegensten Winkel der Häuser und Wohnungen. Alles stöhnte in diesem Frühsommer 2015 unter den hohen Temperaturen. Schon die kleinste Bewegung

28

wurde für Mensch und Tier zur Qual. In den letzten Tagen kletterte das Quecksilber sogar am frühen Vormittag auf 30 Grad und mehr.

Jetzt, kurz vor Mittag, war es draußen in Zirl kaum auszuhalten. Die heiße Luft war zum Schneiden. Der Asphalt flimmerte in der Hitze und strahlte die Wärme ungefiltert an die Umgebung ab. Dies heizte alles zusätzlich auf.

Nur vereinzelt traf man auf den Straßen Menschen an. Ihre Bewegungen wirkten träge und wie in Zeitlupe. Verzweifelt ließen sie ihre Blicke nach einer schattigen Zuflucht umherirren, doch weit und breit war nichts zu finden, was zumindest ein klein wenig für Abhilfe gesorgt hätte.

In den Zirler Parks waren die Plätze unter den schattenspendenden Bäumen längst belegt. Alle suchten nach einem Schutz, der sie von der Sonne abschirmte. Wer auf die ersehnte Abkühlung im Schwimmbad hoffte, wurde enttäuscht. Wie schon in den Tagen und Wochen zuvor war hier längst die Hölle los.

Wie die Ölsardinen lagen die Menschen, dicht gedrängt unter ihren aufgespannten Sonnenschirmen und rührten sich nicht von der Stelle. In der Luft lag dieser für Schwimmbäder typische Geruch nach Sonnencremes und Sonnenölen.

Erholung suchte man hier heute vergebens. Aus Bluetooth Lautsprechern, Handys oder Radios tönte überall laute Musik. Von Klassik über Schlager, Pop, bis hin zu Hard Rock war alles vertreten. Dazu gesellten sich Kindergeschrei und zwischendurch immer wieder mahnende Zurufe von Erwachsenen, die ihre Ruhe suchten. Doch an Tagen wie diesen fehlte den Menschen die Kraft, um sich darüber zu ärgern. Bei der Hitze nahmen sie nicht einmal das monotone Brummen der Fahrzeuge wahr, die sich in einer langen Blechkolonne die steile Straße über den Zirler Berg quälten.

Immer wieder warfen die Freibadbesucher sehnsüchtige Blicke hinauf zum Himmel, doch keine Wolke weit und breit. Wie sehnten sich die hitzegeplagten Menschen jetzt nach dem, ansonsten so ungeliebten, Föhn. Den warmen und trockenen Fallwind aus dem Süden, der hauptsächlich im Frühjahr und im Herbst von Italien, über die Alpen bis hoch hinauf in den Norden fegte. Speziell im Wipptal und im Großraum Innsbruck war dieser Wind immer extrem präsent. Zumindest würde der Föhn für einen Luftzug sorgen und damit zugleich einen kleinen Funken Hoffnung aufkeimen lassen, dass sich bald ein Wetterumschwung ankündigte. Doch nicht der geringste Lufthauch regte sich. Bei diesen Temperaturen schien sich selbst der Föhn eine Pause zu gönnen.

Laut Wetterprognose blieb es die nächsten Tage und Wochen so. Das Hochdruckgebiet saß wie einzementiert fest. Fast bekam man den Eindruck, es wolle den ganzen Sommer hier verbringen. Die Hitze hielt sich wie in einem Kochtopf, der knapp vor dem Siedepunkt stand.

Mark zeigte sich von alldem unbeeindruckt. Das Wetter bereitete ihm die geringste Sorge. Mit angewinkelten Beinen saß der 14-Jährige auf dem staubigen Boden eines nicht mehr benutzten Lagerraumes. Vor ihm stand eine brennende Kerze auf dem schmutzverkrusteten Untergrund, der einmal ein glatter Estrich war. Nur gedämpft fanden die Strahlen der untergehenden Abendsonne ihren Weg bis in das Innere des Raumes. Die Fenster der beiden Flügeltüren aus Metall waren mit Pin-Up Postern von halbnackten Frauen blickdicht abgeklebt. Trotz dieser armseligen Umgebung, die ihn hier umgab, fand der Junge hier genau das, was er brauchte. Vor allem aber hatte er hier seine Ruhe.

Das Lager war im Erdgeschoss eines einstöckigen Industriebaus in einem Gewerbepark an der Salzstraße im Süden der Marktgemeinde. In der Nachbarschaft gab es hauptsächlich Werkstätten für Autos und Motorräder. Die störten Mark aber nicht. Zudem war der Bahnhof Zirl nicht weit weg, was für die Lage sprach.

Der containerähnliche Bau stand im Nordosten des Geländes. Über eine schmale Metallstiege gelangte man hinauf in den oberen Stock. Hier waren vier größere Räume, die von verschiedenen Bands aus der Umgebung zum Proben genutzt wurden.

Mark kam fast jeden Tag hierher. In dem Lager, dessen Platz hauptsächlich von einem alten BMW ohne Kennzeichen ausgefüllt wurde, war er für sich. Hier störte es niemanden, wenn er seinen Körper mit dem versorgte, wonach dieser so verzweifelt schrie. Bisher hatte er nie jemanden in der Abgeschiedenheit des Abteils, in dem es erbärmlich feucht und modrig war, gesehen. Ihn hingegen zog es immer wieder zurück an diesen Ort, den er kurz nach dem Tod seines besten Freundes Max, vor knapp einem Jahr entdeckt hatte.

Er war beim Herumstreunen in der Gegend zufällig darauf gestoßen. Die Tür stand offen und der Schlüssel steckte im Schloss. Nachdem er im Lager nichts Verwertbares fand, hatte er die Tür wieder abgeschlossen. Den Schlüssel hatte er behalten. Seither diente dieser Raum als sein Zufluchtsort. Wie gerne hätte er Max seine Entdeckung präsentiert. Wenn sein bester Freund doch bloß noch am Leben wäre.

Beim Gedanken an Max traten Mark Tränen in die Augen. Wut über die eigene Hilflosigkeit stieg in ihm hoch. Dazu kam die Verzweiflung, dass er ihm nicht helfen hatte können. Aber das nützte jetzt im Nachhinein alles nichts mehr. Max war tot. Schwer gezeichnet von den Drogen hatte sein bester Freund in seinen Armen die Reise in eine andere Welt angetreten. Mit seinen Gedanken bei Max ließ Mark den Blick durch die vertraute Umgebung schweifen.

Er hatte längst vergessen, wie oft er seinen Körper hier in dem ausgedienten Lager mit Gift versorgt hatte. Hinter den dünnen Mauern war das ungestört möglich. Er empfand hier sogar jene Geborgenheit, die ihm anderorts fehlte. Vor allem dann, wenn aus dem ersten Stock der Sound der Bands bis zu ihm herunter dröhnte und ihn auf seinen Reisen begleitete. Bevor er in seine Welt abglitt, kam es ihm jedes Mal vor, sein Herz glich sich dem Rhythmus an und begann, im Takt der Musik zu schlagen. Fast immer schweiften seine Gedanken dabei zurück zu Max. Ja, hier in diesem muffigen Loch lebte all die Erinnerung an seinen Freund weiter. Zugleich hatte er hier das Gefühl, Schutz vor all dem verruchten Mist zu finden, der draußen auf der Straße auf ihn lauerte.

Nur noch dieses eine Mal

Mark lehnte mit dem Rücken an einer mit Schimmel durchzogenen Wand am hinteren Ende des Lagers. Bisher hatte sich zwar noch nie jemand hier herein verirrt, trotzdem hatte er den Raum von innen versperrt. Er traute niemandem mehr. Die Augen des Jungen starrten apathisch ins Leere. Gedämpft drangen die Geräusche der nahen Autobahn bis zu ihm durch. Mark atmete flach, dabei rang er förmlich nach Luft. Er zitterte am ganzen Körper. Dicke Schweißperlen standen auf seiner Stirn. Er schaffte es kaum, den ausgeleierten alten Gummiring über den nackten, linken Oberarm zu streifen.

Marks fahler Blick blieb kurz an der brennenden Kerze hängen, die rechts neben ihm auf dem Boden brannte. Dann konzentrierte er sich auf die Spritze und den Löffel. Fein säuberlich hatte er alles auf einem frischen Papiertaschentuch, vorbereitet.

Draußen war inzwischen die Dämmerung hereingebrochen. Die Kerze flackerte leicht im Luftstrom, der durch offene Ritzen hinein in den Raum zog. Schatten tanzten wie kleine Kobolde zuckend an den Wänden auf und ab. Mark sah kurz hin. Für den Bruchteil einer Sekunde huschte sogar ein flüchtiges Lächeln über das blasse Gesicht des Jungen, bevor er sich wieder konzentrierte.

Die Unterarme des Jungen waren voller Einstiche. Viele hatten sich entzündet. Juckende Pusteln, bis an den Rand mit Eiter gefüllt. Sie stammten von Injektionsnadeln, die er oft mehrmals verwendete und die allesamt nicht steril waren. Sein Körper bäumte sich gegen das auf, was er ihm zuführte. In Marks Innerem tobte ein erbitterter Kampf, doch das verdrängte er jeden Tag immer wieder auf das Neue.

Der Zeitpunkt, an dem er sich über die Folgen den Kopf zerbrach, war längst in Vergessenheit geraten. Marks Gedanken kreisten inzwischen einzig darum, dem Körper so rasch wie nur möglich die nächste Dosis zu verabreichen. Er zitterte, weil er nicht auf Anhieb eine geeignete Stelle fand. Mark atmete hektisch, kalter Schweiß stand auf seiner Stirn.

»Ich halte das alles nicht mehr aus. Wann ist mit dieser ganzen Scheiße endlich Schluss?«, flüsterte er kaum hörbar.

Er schloss kurz die Augen. Die Ausweglosigkeit, aus der es für ihn im Moment kein Entrinnen gab, raubte ihm fast den Verstand. Es war wie der Gang über ein dünnes Drahtseil, darunter ein tiefer Abgrund. Einen Weg zurück, gab es nicht mehr. Der knabenhafte Körper des Jungen war längst schwer von den Drogen gezeichnet.

Endlich fand er eine geeignete Stelle. Mark atmete erleichtert auf. Bevor seine Hand nach der Spritze ausstreckte, wartete er kurz.

»Nur noch dieses eine Mal! Ja, ein letzter Schuss, dann höre ich damit auf und lasse diese ganze Scheiße bleiben. Ich mache das für Max! Ja, dafür lohnt es sich, zu kämpfen. Er fände das sicher affengeil.«

Mark wusste, dass er sich damit bloß selbst belog. Trotzdem leierte er diesen Satz gebetsmühlenartig immer wieder herunter. Doch die Drogen hatten die Kontrolle über sein Leben übernommen. Er war nur Passagier seines eigenen Daseins. Mark brauchte die Flashs, die ihm der Stoff bescherte, so notwendig wie die Luft zum Atmen. Bloß, dass die Intervalle des Verlangens nach dem Gift immer kürzer wurden.

Die Hände des Jungen zitterten, als er die Nadel ansetzte. Er schloss die Augen und wartete auf den erlösenden Zeitpunkt, an dem die Droge in seinen Körper strömte. Endlich war es so weit. Ein zufriedenes Lächeln umspielte seine Lippen. Der Junge lehnte sich mit dem Kopf gegen die Wand hinter ihm. Es dauerte nicht lange, bis er weggetreten war.

Nach knapp drei Stunden kam Mark wieder langsam zu sich. Das Erste, was er registrierte, war das dumpfe Wummern einer Bassgitarre, begleitet vom Hämmern eines Schlagzeuges. Die Töne drangen nur langsam zu ihm durch. Der Junge brauchte eine Weile, bis er zuordnen konnte, dass eine Band am Proben war. Mark schaffte es sonst locker, anhand der Musik herauszuhören, welche Gruppe am Üben war. Doch heute hatte er keine Chance.

Seine Glieder waren bleischwer, dazu kam dieser fahle Geschmack im Mund. Ihm war speiübel. Marks Kopf drohte, jeden Moment zu zerspringen. Mühsam versuchte er, auf die Beine zu kommen. Trotz der Hitze, die hier in dem modrigen Lagerraum herrschte, fröstelte ihn. Der Junge wischte mit seiner rechten Hand über die schweißnasse Stirn. Er zitterte am ganzen Körper.

»Diese verdammte Sau hat den Stoff wieder einmal mit etwas gestreckt, das mir den Magen umdreht. Morgen suche ich einen neuen Dealer, der bessere Qualität liefert!«, stöhnte Mark.

Kurz darauf schleppte er sich schwankend aus dem Lager, hinaus ins Freie. Sein Körper wurde von Krämpfen geschüttelt. Langsam setzte er einen Fuß vor den anderen. Mühsam wankte er an den Autos der Musiker vorbei. Die Schritte des Jungen waren wie die eines alten Mannes, der im Herbst seines Lebens angelangt war. Seine Vorsätze von vorhin hatte er längst wieder verdrängt. Er hatte das alles schon tausend Mal durchgekaut. Doch es gab keine Alternative für ihn. Zielstrebig steuerte er auf wackeligen Beinen auf den Zirler Bahnhof zu.

Inzwischen war es längst dunkel geworden. Die ganze Gegend wirkte friedlich. Bis auf das Zirpen der Grillen war alles still. Doch dem Jungen liefen beim Gedanken daran, was ihm in den nächsten Stunden bevorstand, kalte Schauer über den Rücken. Ekel stieg in ihm hoch.

Mark war ein Stricher. Er ließ sich in Innsbruck von fremden Männern ansprechen. Meist geschah das gleich am Vorplatz vor dem Hauptbahnhof. Im Schutz der dichten Sträucher der nahegelegenen Parks lebten diese verschwitzten und stinkenden Kerle ihre Triebe an ihm aus. Mark ekelte sich vor alldem. Er verdrängte die Gedanken daran. Doch die Realität holte ihn immer wieder gnadenlos ein. Spätestens dann, wenn er dringend den nächsten Schuss brauchte. Der Junge hatte in seinem kurzen Leben schon Sachen erlebt, die die Vorstellungskraft anderer Menschen bei weitem übertraf. Doch es war die einzige Möglichkeit, das Geld für den Stoff zu besorgen, ohne den er nicht mehr existieren konnte.

Mark ließ all das über sich ergehen, seit er sich vor knapp einem Jahr heimlich zum ersten Mal aus dem verfluchten Heim geschlichen hatte. Er nahm das für Max, seinen besten Freund, auf sich. Sie nannten dieses Gebäude mit den dicken Mauern und den vergitterten Fenstern immer das Haus des Schreckens. Hinter dem Gemäuer, aus dem nie etwas nach außen drang, hatte für ihn vor zwei Jahren die schlimmste Zeit ihren Anfang genommen. So viele abscheuliche Sachen hatte er dort zu ertragen. Als ob das Schicksal nicht ohnehin schon genug an Hürden für ihn bereithielt.

Es glich einer Spirale, aus der es kein Entrinnen gab. In dem Heim verging kaum ein Tag, an dem der Junge nicht von früh bis spät davor Angst hatte, in einem Ozean aus Tränen zu ertrinken. Dazu diese unzähligen stummen Schreie aus der Dunkelheit, die ungehört und ungesühnt hinter den dicken Mauern verhallten. Alle hörten sie, doch niemand unternahm etwas, um diesen gepeinigten Seelen aus ihrer Not zu helfen.

In dem Heim kam Mark erstmals mit Drogen in Kontakt. Angefangen hatte es mit Cannabis. Max hatte es angeschleppt. Zuerst war es noch gratis, aber eben nur am Anfang. Für beide war es wie ein Spiel, in dem sie sich ihren Kick holten. Doch es dauerte nicht lange und der sogenannte nette Junge, der ihnen den Stoff zuerst geschenkt hatte, verlangte Bares dafür. Trotzdem ließen sie nicht davon ab. Es vergingen nur wenige Monate, bis die beiden Freunde, getrieben von Neugier und Übermut, andere, härtere, Sachen ausprobierten.

Mittlerweile war Mark längst schwer abhängig von den Drogen. Außer Chrystal Meth und Crack nahm er alles, was er in die Finger bekam. Aber hauptsächlich konsumierte er Heroin, das er von einem Dealer in Innsbruck bezog.

Dabei verabscheute Mark das Gift, das nur Schmerz und Leid für ihn bedeutete. Doch er führte einen aussichtslosen Kampf gegen die Sucht, bei dem am Ende ständig der Stoff als Sieger hervorging. Er brauchte die Drogen so dringend, wie die Luft zum Atmen. Das Feuer der Leidenschaft, das einst in seinen Augen gebrannt hatte, suchte man mittlerweile bei Mark vergebens. Wie ein toter Fisch trieb er Tag für Tag, ohne erkennbares Ziel mit dem Strom.

Aus dem ursprünglichen Spiel mit einem Zündholz hatte sich bald ein Flächenbrand entwickelt, der rasch außer Kontrolle geriet. Sein ganzes Dasein drehte sich von früh bis spät nur noch um die Drogen. Marks Körper verlangte ständig mehr davon. Doch die wenigen Momente, in denen ihm der Stoff kleine Stimmungshochs bescherte, hielten immer kürzer an. Der Zeitpunkt rückte unaufhaltsam näher, an dem er in einen tiefen Abgrund, hinunter ins unendliche Nichts, zu stürzen drohte. Mark war auf dem besten Weg dazu, dasselbe Schicksal, wie schon sein Freund Max vor ihm, zu erleiden.

Das Schicksal kennt keine Gnade

Am nächsten Morgen stieg Mark wie ferngesteuert am Zirler Bahnhof aus der S-Bahn. Die Augen des Jungen starrten apathisch ins Leere. Er hatte nur den einen Wunsch, all den Abschaum und den Dreck der vergangenen Nacht so schnell wie möglich hinter sich zu lassen. Er sehnte die Abgeschiedenheit des alten Lagers herbei, um sich in aller Ruhe einen Schuss zu setzen.

Mark fühlte sich hundeelend. Sein Kreislauf war im Keller. Er übergab sich gleich nach der Unterführung, die auf die andere Seite des Zirler Bahnhofs führte. Der Junge spie all den Ekel, der ihn an diese widerwärtigen Kerle erinnerte, die in den letzten Stunden ihre abartigen Triebe an ihm ausgelebt hatten, aus sich heraus.

Auf wackligen Beinen wankte er dann seinem Ziel entgegen. Er fasste mit der rechten Hand nach hinten in die Gesäßtasche seiner Jeans. Seine Finger berührten kurz das schmale Briefchen mit dem Stoff. Ein Lächeln der Erleichterung huschte über das ausgemergelte Gesicht des Jungen.

„Nicht mehr lange, dann fühle ich mich besser", versuchte er die Übelkeit zu verdrängen, die schon wieder in ihm hochstieg.

Obwohl die Luft um diese Zeit noch angenehm kühl war, fiel Mark das Atmen an diesem Morgen schwer. Er blieb kurz stehen. Auf einmal hatte er das Gesicht seiner Mutter vor Augen. Alleine beim Gedanken an sie kullerten dicke Tränen über seine Wangen. Er suchte hinter einem Gebüsch Schutz, um dort hemmungslos zu weinen.

Seine leibliche Mutter hatte Mark nie kennengelernt. Sie hatte den Jungen kurz nach der Geburt zur Adoption freigegeben. Seine Adoptiveltern hatten ihm von Anfang an die Wahrheit gesagt. Für ihn spielte das keine Rolle, die beiden kümmerten sich rührend um ihn. Mit ihm erfüllte sich ihr sehnlichster Wunsch. So lange hatten sie darauf gehofft, denn ihnen war der eigene Kindersegen verwehrt geblieben. Und dann nahm das Schicksal vor zwei Jahren gnadenlos seinen Lauf.

Mark erinnerte sich genau daran. Es war ein Montagmorgen Ende Juni. Die letzten Schultage standen bevor. Seine Mutter brachte ihn mit ihrem mintgrünen Fiat 500 Cabrio zur Schule. Ein strahlender Frühsommertag kündigte sich an. Der Junge genoss die Fahrt im offenen Wagen. Er liebte es immer wieder auf das Neue, wenn ihm der Fahrtwind sanft durch die Haare strich. Er schloss die Augen, um seinen Gedanken freien Lauf zu lassen.

»Schluss mit Träumen, Schatz! Wir sind da«, holte ihn die Stimme seiner Mutter in die Realität zurück.

»Och, jetzt schon. Dabei hatte ich es so gemütlich. Lass uns rasch eine letzte Runde drehen, bevor ich in die Schule gehe«, grinste Mark.

Seine Mutter hauchte ihm einen Abschiedskuss auf die Stirn, dann sah sie auf die Uhr an der Konsole auf dem Armaturenbrett. »Nein, das geht leider nicht. Ich bin ohnehin spät dran. Mein erster Termin fängt gleich an«, sagte sie.

»Schade. Ich liebe dich, Mama«, antwortete Mark, bevor er aus dem Wagen stieg.

Vor dem Eingang der Schule drehte er sich kurz um. Zum Abschied winkte er seiner Mutter zu.

Knapp zwei Stunden später kam der Direktor in seine Klasse. Mark warf einen raschen Blick auf die Uhr an der Wand. Bald läutete die Pausenglocke, doch der Schulleiter bat ihn, gleich mit ihm mitzukommen. Ein mulmiges Gefühl ergriff von ihm Besitz. Schweigend schritten sie nebeneinander den langen Flur entlang.

»Bitte, setz dich«, sagte der Direktor kurz darauf in seinem Büro mit leiser Stimme zu ihm.

Langsam ließ sich Mark in den Stuhl gleiten, auf den der Schulleiter zeigte. Dabei entging ihm nicht, dass die Hand des Mannes zitterte.

»Warum haben Sie mich aus dem Unterricht geholt?«, fragte er, nachdem er sich gesetzt hatte.

Der Direktor wandte seinen Blick kurz von ihm ab. Er atmete mehrmals tief durch. Mark sah, wie der Mann nach den richtigen Worten rang. Die Sekunden verrannen träge. »Es ist etwas Schreckliches geschehen, mein Junge«, sagte er kaum hörbar.

»Wie! Was ist passiert?« Der Boden unter Marks Füßen verschwamm. Panik stieg in ihm hoch. Er sah den Direktor fragend an.

»Es ist«, der Schulleiter rang nach den richtigen Worten, »es ist wegen deiner Mutter«, sagte er schließlich und senkte dabei den Kopf.

»Was ist mit ihr! Wo ist meine Mama?«, schrie er erschrocken.

Schemenhaft sah er, wie die Lippen des Direktors bebten. Seine Augen füllten sich mit Tränen. Traurig schüttelte der Mann den Kopf.

»Deine Mutter hatte am Vormittag einen schweren Autounfall«, der Leiter der Schule wandte seinen Blick ab, »sie hat den Unfall leider nicht überlebt«, sagte er kaum hörbar.

Wie aus der Ferne, drangen seine Worte an das Ohr des Jungen. Mark nahm alles wie in Trance wahr. Er merkte, wie er langsam nach vorne kippte, dann schwanden seine Sinne. Er registrierte gar nicht, wie er hart mit der Stirn gegen die Kante des Schreibtisches schlug.

Mark wachte in einem Bett mit weißen Laken auf. Seine Glieder schmerzten. Zaghaft öffnete er die Augen. Die ersten Sekunden schien sich die Welt um ihn herum im Kreis zu drehen. Nachdem er ein paar Mal tief ein- und ausgeatmet hatte, besserte sich sein Zustand ein klein wenig.

Mark drehte leicht den Kopf und ließ seinen Blick langsam durch den Raum schweifen. Der Junge sah hinüber zum Fenster. Die Jalousien waren halb heruntergelassen. Es reichte gerade noch aus, dass die Sonnenstrahlen den Weg in sein Zimmer fanden. Doch sie drangen nicht mehr bis zu ihm durch. Die Sonne war für den Jungen an diesem Tag, von einer Sekunde auf die andere, vom Himmel gefallen.

Erst jetzt bemerkte er, dass sein Vater im Zimmer war. Mit aschfahlem Gesicht saß er zusammengekauert auf einem Stuhl neben Marks Bett. Seine Augen waren vom Weinen tränengerötet. Der Junge erschrak fast zu Tode. Seit er seinen Vater heute in der Früh das letzte Mal gesehen hatte, schien er um Jahre gealtert.

»Papa! Sag mir die Wahrheit, was ist mit Mama passiert?«, flüsterte der Junge.

Sein Vater tastete nach seiner Hand und drückte sie sanft. Mark nahm schon bei dieser ersten zaghaften Berührung wahr, dass er am ganzen Körper zitterte. Der Mann brauchte eine Weile, bis er imstande war zu sprechen. »Ein Lastwagen ist auf die Gegenfahrbahn geraten und frontal in Mamas Auto geprallt. Sie hatte keine Chance. Mama war auf der Stelle tot«, presste er dann mit tränenerstickter Stimme hervor.

Zwei Tage später wurde Mark aus dem Krankenhaus entlassen. Totenstille und Trauer empfingen ihn bei seiner Heimkehr. Nichts war mehr so wie vorher. Es dauerte nicht lange, bis sich sein sonniges und heiteres Wesen komplett veränderte. Und das war erst der Anfang.

Max

Marks Vater gab zwar sein Bestes, doch vergebens. Der Junge wurde immer verschlossener und zog sich mit jedem neuen Tag mehr in seine eigene Welt zurück. Die einzigen kurzen Momente, die ihm kleine Lichtblicke bescherten, waren jene, wenn er in seinen Gedanken mit seiner Mutter sprach.

Das alles hinterließ Spuren bei seinem Vater. Seine Verzweiflung war so groß, dass er immer öfter zur Flasche griff, um den Schmerz mit Alkohol zu betäuben. Er hatte seine Frau, Marks Mutter, von ganzem

Herzen geliebt. Doch er war nie ein Mensch vieler Worte. Seine Gefühle zu zeigen oder gar darüber zu sprechen, war tabu für ihn. Nicht einmal seinem Sohn gegenüber war er dazu in der Lage.

Zuerst der tragische Unfalltod seiner Frau. Dann das einzige Kind, das sich in seine eigene Welt der Trauer und des Schmerzes zurückzog, zu der es für ihn keinen Zutritt gab. Dabei war der Junge sein ein und alles. Doch Mark und er fanden nicht mehr zueinander. Jeder von ihnen versuchte, den Verlust auf seine eigene Art zu bewältigen. In seiner grenzenlosen Verzweiflung traf er, auf den Tag genau drei Monate nach dem Tod seiner Frau, im Vollrausch eine folgenschwere Entscheidung. Eine Hausbewohnerin fand ihn am selben Abend, erhängt im Keller des Mehrparteienhauses auf, in dem sie wohnten. Bei seiner Obduktion stellte sich heraus, dass er über drei Promille Alkohol im Blut hatte.

Der zweite schwere Schicksalsschlag für Mark innerhalb weniger Monate. Seine Eltern waren beide tot. Er wusste nicht, wie es mit ihm weiterging. Die Antwort darauf bekam er am nächsten Tag, am frühen Morgen. Eine Mitarbeiterin vom Jugendamt stand vor der Tür. Der Junge ahnte, was das für ihn bedeutete.

Die Frau brachte ihn noch am selben Tag in ein Heim, etwas außerhalb der Stadt. Das hellgrau gestrichene Haus mit seinen drei Stockwerken wirkte farblos auf den Jungen. Dafür stach ihm sofort der riesige Garten mit den vielen Bäumen ins Auge.

Eine knappe halbe Stunde später, führte ihn eine Betreuerin durch das Haus und zeigte ihm dann den Schlafraum, der künftig sein Zuhause war. Bisher verfügte Mark über ein eigenes Zimmer, jetzt teilte er den Raum mit fünf weiteren Jungs. Er bekam das hinterste Feldbett in der Reihe zugewiesen. Seine Mitbewohner musterten den Neuankömmling neugierig. Alle warteten begierig darauf, dass er ihnen etwas über sich erzählte. Doch Mark sprach kein Wort. Mit gesenktem Kopf saß er auf seinem Bett und starrte auf den Boden vor sich.

Nach einer Weile überwand sich endlich einer der Jungen. Langsam kam er auf Mark zu. »Hallo, ich heiße Max«, sagte er freundlich und setzte sich auf den freien Platz neben ihn auf das Bett.

Er sah ihn traurig an. »Mark«, antwortete er leise und schlug kraftlos in die Hand ein, die ihm Max hinhielt.

»Wie alt bist du?«, fragte Max.

Mark gab ihm keine Antwort, doch der Junge ließ nicht locker.

»Ich kenne dieses Gefühl. Mir und den anderen hier im Zimmer ist es genau gleich gegangen, wie dir. Denke nur daran, dass immer jemand für dich da ist, wenn du Hilfe brauchst«, sagte er.

Mark sah den Jungen wortlos an. Er hatte keine Ahnung, wie Max das eben gemeint hatte.

Nur wenige Tage später bekam er die Antwort darauf. Es war kurz nach Mitternacht. Die anderen Jungs in seinem Zimmer schliefen alle schon. Mark wurde durch ein Geräusch aus dem Schlaf geschreckt. Vor dem Bett standen vier Jugendliche aus der älteren Gruppe im oberen Stock. Sie waren völlig betrunken.

Ehe er begriff, was vorging, packten sie ihn am Genick und an den Armen und drückten ihn mit dem Gesicht in sein Kopfkissen. Mark bekam kaum Luft. Doch was dann folgte, war mit Abstand das Schlimmste in seinem ganzen Leben.

Er wehrte sich mit Händen und Füßen, aber gegen die stärkeren Jungs hatte er keine Chance. Vor allem, weil sie zu viert waren. Sie rissen ihm mit Gewalt die Kleider vom Leib. Was dann folgte, würde er nie wieder vergessen. Es kam ihm wie eine Ewigkeit vor, bis seine Peiniger endlich von ihm abließen.

Er krümmte sich vor Schmerzen auf seinem Bett. Dann spürte er eine Hand an seiner Schulter. Mark fuhr erschrocken zusammen. Er hatte panische Angst, dass alles wieder von vorne losging. Doch er hatte nichts zu befürchten. Es war Max, der Junge aus seinem Zimmer.

»Diese Schweine. Dafür werden sie einmal büßen, und wenn ich sie einzeln umbringe«, sagte er.

»Ich bin dabei«, presste Mark kaum hörbar heraus.

»Das Schlimmste ist, jeder hier bekommt das mit und keine Sau unternimmt etwas dagegen«, sagte Max und hielt seinem Freund eine Packung mit Zigaretten unter die Nase, »Lust auf eine Kippe?«, frage er.

Der zögerte kurz, dann nickte er und fischte sich einen Glimmstängel heraus.

Es dauerte nicht lange und zwischen den beiden hatte sich eine tiefe und enge Freundschaft entwickelt. Am liebsten hielten sie sich im weitläufigen Garten, abseits von allen anderen, auf. Dort saßen sie meist hinter einer großen Linde, rauchten heimlich ihre Zigaretten und hingen ihren Gedanken nach.

An einem Nachmittag, fast zwei Monate, nachdem Mark in das Heim gekommen war, verhielt sich Max anders wie sonst. Er grinste bloß über das ganze Gesicht und schwang eine braune Papiertüte in seiner Hand.

»Was hast du da?«, fragte Mark.

»Das hier ist die Lösung. Der Stoff lässt dich alle Sorgen vergessen?«, grinste ihn Max an.

»Wie meinst du das?«, Mark sah seinen Freund fragend an und roch gleichzeitig an der braunen Tüte, »das riecht aber schräg. Was ist das?«, fragte er.

»Da staunst du, was? Das ist Gras von der allerfeinsten Sorte«, antwortete Max.

»Wie!? Bedeutet das etwa, dass du? Nein, bloß nicht. Sag, dass das nicht wahr ist«, Mark sprach den Satz nicht zu Ende.

»Doch, du hast es erraten. Genau das ist es«, grinste Max.

»Das ist ja verboten. Wo hast du das her? Ich habe keine Lust, deswegen eine Strafe zu bekommen«, rief Mark erschrocken.

Max schnippte seine Zigarette ins Gebüsch und deutete mit der rechten Hand in die Richtung, wo das Haus stand. Er spuckte verächtlich vor sich auf den Boden. Dabei streckte er gleichzeitig den Mittelfinger in die Luft.

»In dem verdammten Heim schert sich eh keine Sau darum, wie es uns geht. Ich habe vor ein paar Tagen einen Buddie draußen auf der Straße getroffen. Er hat es mir geschenkt. Ich habe es gestern schon versucht und einen Joint geraucht. Das war ein echt cooles Gefühl, damit gehst du ab wie eine Rakete«, grinste Max.

»Bist du jetzt völlig irre! Was glaubst du, wenn da etwas passiert wäre«, rief Mark erschrocken.

»Sei doch keine Memme. Der Stoff hier wirkt Wunder. Außerdem hilft es, die ganze Scheiße, die hier abgeht, leichter zu ertragen. Echt chillig das Zeug«, antwortete Max und fing an, vorsichtig einen Joint zu drehen.

Im Gegensatz zu Max war Mark nicht so überzeugt. Aber sein Freund ließ sich nicht davon abbringen. Max zündete die Tüte, die eher einer Zigarre glich, an und nahm einen tiefen Zug.

»Ah, das fährt ein. Hier, versuche es einmal«, er sah Mark fragend an.

»Was ist, wenn wir von dem Zeug süchtig werden und nicht mehr davon loskommen«, antwortete er.

»Spinnst du? Wir verschaffen uns doch bloß ein paar coole Momente damit. Du wirst sehen, da ist überhaupt nichts dabei. Wenn es dir nicht schmeckt, dann lässt du eben in Zukunft wieder die Finger davon«, antwortete Max und nahm demonstrativ den nächsten Zug.

Mark beobachtete, wie sein Freund den Rauch tief inhalierte und für ein paar Sekunden in seiner Lunge behielt.

»Wow, damit siehst du die Welt gleich mit anderen Augen«, sagte Max mit einem breiten Grinsen und blies dabei den Rauch wieder langsam aus.

»Aber echt nur dieses eine Mal«, antwortete Mark und griff nach dem Joint.

Er versuchte, es seinem Freund gleichzutun. Doch schon beim ersten Zug verschluckte er sich derart, dass er Angst hatte, daran zu ersticken.

»Keine Sorge. Am besten probierst du es gleich ein zweites Mal«, sagte Max lachend.

Mark wagte den nächsten Versuch. Der war schon von mehr Erfolg gekrönt. Gleich wie Max inhalierte er den Rauch tief und hielt dann kurz die Luft an. Es dauerte nicht lange, bis der Stoff seine Wirkung zeigte. Die beiden Jungen kicherten auf einmal völlig grundlos vor sich hin.

»Das ist ein Gefühl, als ob man versucht, auf einem Tiger zu reiten, oder?«, sagte Max.

»Wie kommst du denn auf so etwas? Ich kenne niemanden, der es geschafft hat, auf einem Tiger zu reiten«, nickte Mark zeitverzögert. Die ganze Welt schien sich für die beiden auf einmal langsamer zu drehen. »Was hast du vorhin gesagt?«, fragte er.

»Keine Ahnung. Irgendetwas mit einem Tiger. Das habe ich schon längst wieder vergessen«, lallte Max.

»Egal. Ist nicht so wichtig«, Mark sah seinen Freund an, »du hattest Recht. Das ist gar nicht so übel. Ich bin echt easy drauf. Die Dinger könnten wir uns gerne öfter hineinziehen. Wir haben das schon im Griff, dass nichts passiert«, antwortete er undeutlich, dabei deutete er mit seinem Arm eine weit ausholende Bewegung an.

In den nächsten Wochen und Monaten rauchten Mark und Max immer öfter ihre Joints. Ohne es zu merken, hatten sich die beiden ernsthaft auf den Ritt auf einem Tiger eingelassen. Die ursprüngliche Neugierde an etwas Unbekanntem war in Wirklichkeit der Einstieg in eine klassische Drogenkarriere. Mark und Max rauchten längst mehrmals am Tag ihre Öfen, wie sie die Joints nannten. Dieser regelmäßige Konsum der Drogen hatte bei beiden schon zu einer Abhängigkeit geführt.

Sie bezogen den Stoff nach wie vor von dem Buddie, der Max damals die Probe geschenkt hatte. Nur dass das Gras längst nicht mehr umsonst war. Um das Geld dafür aufzubringen, begaben sich die beiden regelmäßig auf Beutetour. Meist knackten sie Automaten, um das Münzgeld zu stehlen, mit dem sie ihre Sucht finanzierten.

Wieder war es Max, der nur ein paar Monate später mit etwas Neuem experimentierte. Die Jungs waren sich der Tragweite ihres Handelns nicht bewusst. Mit Heroin hatten sie sich auf ein Spiel mit einem teuflischen Dämon eingelassen. Die Droge hatte binnen kürzester Zeit die Kontrolle über die beiden übernommen. Die Spirale drehte sich immer schneller. Mark wird diesen Tag sein Leben lang nicht vergessen.

Ihr letztes Geld war aufgebraucht. Max litt schon seit Stunden unter schweren Entzugserscheinungen. Er brauchte dringend einen Schuss. Schweißgebadet und zitternd vor Schmerz lag der Junge, geschüttelt von Krämpfen, in einer Ecke des Zimmers. Aus seiner Nase floss ein schleimig gelbes Sekret. Sein Zustand verschlechterte sich immer mehr.

Mark wartete, bis es dunkel wurde. Dann schlich er sich aus dem Heim und fuhr per Anhalter nach Innsbruck. Dort setzte er zum ersten Mal in seinem Leben etwas um, vor dem er sich bisher immer gefürchtet hatte. Er verkaufte seinen knabenhaften Körper, um an die benötigte Kohle zu kommen. Ihn ekelte davor, trotzdem zog er es durch. Für Max. Mit dem Geld beschaffte er den Stoff, den sein einziger Freund so dringend brauchte.

Zitternd bereitete Max seine Ration vor. Gleich nachdem er sich das Heroin injiziert hatte, ließen die Krämpfe nach. Max hatte seine Augen weit geöffnet. Mit einem alles durchdringenden Blick sah er Mark an.

»Ich bin dabei von dem Tiger zu steigen. Du weißt, was das bedeutet«, Max fasste nach der Hand seines Freundes und drückte sie, »versprich mir, dass du damit aufhörst. Komm schon, schwöre, dass du den Tiger meidest«, flüsterte er kaum hörbar.

Max röchelte ein letztes Mal schwer, dann bäumte sich sein Körper auf und seine Atmung setzte aus.

»Max, nein! Bitte mach jetzt nicht schlapp. Verdammt, du schaffst das. Komm wieder zurück. Lass mich nicht alleine, du Arsch«, rief Mark panisch.

Doch es war zu spät. Max öffnete ein letztes Mal die Augen. Er sah seinen Freund mit einem Blick an, der schon längst nicht mehr von dieser Welt war.

Wenige Augenblicke später, war Max tot. Er starb in Marks Armen. Sein von Drogen geschwächter Körper hatte keine Kraft mehr. Der Tiger hatte seine Zähne gefletscht und gnadenlos zugebissen. Das alles geschah vor knapp einem Jahr. Max starb nur wenige Wochen nach seinem 13. Geburtstag.

Mark war noch in derselben Nacht endgültig aus dem Heim ausgerissen. Seither hielt er sich hauptsächlich wie ein U-Boot in dem einsamen Lager in der Gewerbezone in Zirl auf. Auf der Straße verkaufte er nach wie vor seinen Körper an wildfremde Männer. Mit dem Geld finanzierte er den Stoff, der ihm in immer kürzer werdenden Abständen die Träume von einem besseren Leben bescherte, das er, gemeinsam mit seinem Freund Max, so sehnsüchtig herbeisehnte.

Ein kleines, dreibeiniges Kätzchen

Mark hatte die Gebäudezeile, in der das Lager war, schon in Sichtweite. Wie ferngesteuert wankte er langsam darauf zu. Seine Augen starrten apathisch ins Leere. Er war im Moment einzig auf den nächsten Schuss fixiert. Obwohl der Zirler Bahnhof nicht weit entfernt war, hatte ihn der Weg bis hierher die letzten Kräfte gekostet.

Der Junge blieb stehen. Aus den Augenwinkeln heraus hatte er eine Bewegung wahrgenommen. Das

Leben auf der Straße hatte seine Sinne geschärft. Für einen Moment schlug sein Herz bis zum Hals, doch gleich darauf entspannte er sich wieder. Ein junges Kätzchen hatte sich unter einem alten Volvo versteckt, der verlassen vor sich hin rostete. Verschreckt lugte das kleine, pechschwarze Wesen, zu ihm hervor.

Obwohl Marks Körper begierig nach dem Stoff verlangte, beugte er sich zu der Katze hinunter. »Du brauchst vor mir keine Angst zu haben, meine Kleine. Ich tu dir nichts«, versuchte er das Kätzchen zu beruhigen.

Langsam kroch die schwarze Samtpfote unter dem Auto hervor. Vorsichtig humpelte sie auf den Jungen zu. Erst jetzt bemerkte Mark, dass sie nur drei Beine hatte. Das rechte hintere Füßchen war knapp oberhalb des Kniegelenkes abgetrennt. Er hatte sofort Mitleid mit dem kleinen Wesen.

»Du Arme. Hat dich ein Auto erwischt?«, sagte Mark und kraulte die kleine Katze vorsichtig unter dem Hals.

Verspielt räkelte sich das Kätzchen vor ihm auf dem Boden und genoss die Streicheleinheiten. Der Junge wollte sich gerade niederknien, als ihn ein schepperndes Geräusch erschrocken herumfahren ließ. Gleich darauf waren Stimmen zu hören. Reflexartig sprang er hoch und versteckte sich hinter dem alten Volvo.

Marks Herz raste vor Aufregung. Er hatte eine Heidenangst, dass es die Polizei war. Die brachte ihn sicher wieder in das verhasste Heim zurück, aus dem er ausgerissen war. Doch es waren keine Polizisten.

Den Stimmen nach zu urteilen, handelte es sich um Männer. Wenige Meter von Mark entfernt, kamen sie an dem Auto vorbei. Der Schotter der unbefestigten Straße knirschte durch ihre Schritte.

Der Junge kauerte sich tief auf den Boden und spähte vorsichtig unter dem Auto durch. Er sah nur die Füße. Insgesamt zählte er sechs, es waren also drei Männer. Einer schien vorauszugehen, dicht gefolgt von den anderen. Er wartete ab, bis sie den Volvo passiert hatten, dann lugte er durch die Heckscheibe des Wagens.

Dem Jungen gefror das Blut in den Adern. Einer der beiden hinteren Männer hielt eine Pistole in der Hand. Der Vordermann war gefesselt. Immer wieder stolperte er, weil ihm sein Verfolger den Lauf der Waffe hart in das Genick drückte. Mit angstverzerrtem Gesicht drehte er sich ständig zu den anderen Männern um.

»Was ist mit der Kohle, du Arschloch? Seit zwei Wochen hältst du uns jetzt schon hin! Was glaubst du, mit wem du es hier zu tun hast, du Wichser?«, schrie der Mann mit der Waffe, der dem Dialekt nach, unverkennbar aus dem Osten Deutschlands zu stammen schien.

Mit angehaltenem Atem beobachtete Mark von seinem Versteck aus die Szene. Wo war er hier bloß hineingeraten? Hier handelte es sich um kein Spiel.

»Du bekommst alles, ich schwöre. Gib mir noch einen Tag, Sven, bitte! Wie soll ich in der kurzen Zeit eine Million auftreiben«, stotterte der Angesprochene mit angstverzerrter Stimme.

»Schluss mit dem Gelaber. Das höre ich seit fast zwei Wochen jeden Tag von dir. Du weißt ja, dass es der Boss überhaupt nicht schätzt, wenn er übers Ohr gehauen wird, du hast die Kohle ja kassiert. Und ich hasse es, dass so ein Arsch wie du, meinen Namen nennt«, der Mann mit der Pistole wurde jäh vom Läuten seines Telefons unterbrochen.

Mit den weißblonden Haaren und dem hellen Teint erinnerte er Mark an einen Albino. Die dunkle Sonnenbrille rundete dieses Bild weiter ab.

Der Mann mit dem Namen Sven nahm die Schusswaffe in die andere Hand. Dann zog er sein Smartphone aus der Tasche. Dabei hielt er seinen Gefangenen die ganze Zeit über, mit der Waffe weiter in Schach. »Ja, Boss«, meldete er sich.

Er hörte schweigend zu. »Ok, ich habe verstanden«, sagte er, dabei sah er den gefesselten Mann mit versteinerten Gesichtszügen an.

»Du hast dich leider mit den Falschen angelegt. Mein Boss hat die Schnauze voll von dir. Jetzt ist endgültig Schluss mit diesem Theater«, grinste er hämisch.

Sein Begleiter reagierte sofort und versetzte dem Mann einen wuchtigen Schlag in die Magengrube. Der stöhnte laut auf und fiel auf die Knie. Verzweifelt schnappte er nach Luft, dabei krümmte er sich vor Schmerzen auf dem Boden.

»Gebt mir eine letzte Chance, bitte! Morgen habt ihr die Million, bei meiner Ehre«, stammelte er, nachdem er wieder Luft bekam.

Der Albino spuckte verächtlich vor seinem Gefangenen auf den Boden. »Auf deine verdammte Ehre scheiße ich. Darauf kann man höchstens einen fahren lassen. Das dämliche Gelaber von dir ist nicht einmal die Luft wert, die du atmest«, schrie er und richtete die Pistole an den Hinterkopf des Mannes.

Mark spähte die ganze Zeit über durch die Heckscheibe des rostigen Volvos und beobachtete die Drei. Deutlich sah er, wie der Gangster die Waffe ansetzte. Nur Sekundenbruchteile später folgte ein dumpfes »Poff«, gleich darauf gefolgt von einem zweiten Schuss.

Der Junge erahnte, was das bedeutete. Er war soeben Zeuge einer Exekution geworden. Ohne mit der Wimper zu zucken, hatte der Albino den Mann kaltblütig ermordet. Obwohl Mark durch seinen Drogenkonsum nicht mehr so schnell war wie früher, erkannte er die Situation. Die beiden durften ihn nicht entdecken, sonst hatte er ein Problem am Hals. Er kroch vorsichtig unter das Heck des alten Volvos. Dabei traute er sich kaum zu atmen, sondern achtete auf die Stimmen der Männer.

»Komm, Carlo! Hilf mir. Lassen wir dieses Arschloch von der Bildfläche verschwinden«, sagte der Albino zu seinem Begleiter.

»Was hast du jetzt mit ihm vor?«, hörte Mark zum ersten Mal die Stimme des zweiten Mannes.

»Wir verstecken ihn hier auf dem Gelände, bis es dunkel ist. Die Bahnlinie verläuft gleich dort drüben. In der Nacht schmeißen wir ihn auf die Gleise. Von dem bleibt nichts mehr über. Alle werden meinen, dass es sich um eine Verzweiflungstat handelt. Oder glaubst du, dass seine Überreste noch groß obduziert werden?«, grinste der Albino.

»Genial. Wie kommst du nur auf so etwas?«, zollte der andere Respekt.

»Deshalb bin ich ja der Boss von uns beiden. Und jetzt hilf mir lieber ein Versteck zu suchen. Er muss verschwinden, bevor die Arbeiter von den Werkstätten hier antanzen«, sagte der Albino.

Mark rührte sich nicht von der Stelle. Er zitterte am ganzen Körper. Vor lauter Angst war er wie gelähmt. Der Junge wusste nicht, wie lange er so verharrt hatte, geschweige denn, ob die Männer in seiner Nähe waren. Erleichtert hörte er Autotüren zuschlagen. Gleich darauf wurde ein Motor gestartet. Langsam kroch er unter dem Volvo hervor und spähte ein weiteres Mal durch die Heckscheibe. Eine schwarze Mercedeslimousine mit abgedunkelten Seitenscheiben fuhr im Schritttempo an ihm vorüber. Einzig die weißen Haare schimmerten leicht durch. Das verriet dem Jungen, dass der Albino am Steuer des Wagens saß.

Er wartete ab, bis das Auto in die Landesstraße einbog, dann erhob er sich langsam. »So eine verdammte Scheiße. Der hat ihn eiskalt umgebracht. Wie war doch gleich sein Name?«, Mark überlegte kurz, »ja, Sven hat ihn der Getötete genannt. Wo haben sie die Leiche versteckt?«, der Junge zitterte am ganzen Körper, während er sich umsah. Es war eine Kombination aus Aufregung und Neugier. Dazu dieses unbändige Verlangen nach dem Stoff, den er so dringend brauchte.

Mark beschloss, sich zuerst eine Ration zuzuführen, damit er ruhiger wurde. Dann würde er die Leiche suchen und der Polizei von der Telefonzelle am Zirler Bahnhof aus, einen anonymen Hinweis zukommen zu lassen. Ein eigenes Handy oder Smartphone besaß der Junge schon lange nicht mehr. Bei seiner Flucht aus dem Heim hatte er dort alles zurückgelassen.

Langsam trottete er auf das Lager zu. Er war gerade dabei, die Tür zu öffnen, als etwas um seine Füße strich. Er zuckte kurz erschrocken zusammen, entspannte sich aber wieder, als er gleichzeitig ein weinerliches Miauen hörte. Es war das kleine Kätzchen von vorhin. Zutraulich schlich es um ihn herum und rieb schnurrend seinen Kopf an Marks Füßen.

Er bückte sich und strich zärtlich über das seidenweiche Fell des Tieres. Dabei betrachtete er nachdenklich das kaputte Bein rechts hinten. Auf einmal durchfuhr ihn ein Gefühl, das schon seit langer Zeit nicht mehr in seinem Leben existent war. »Die Mieze hat den halben Fuß verloren, trotzdem kämpft sie weiter. Wenn die Kleine das zustande bringt, schaffe ich das ebenfalls«, in diesem Moment wurde ihm einmal mehr bewusst, dass das für ihn möglich war.

Alle Menschen, die ihm nahegestanden hatten, waren innerhalb der kurzen Zeit von nicht einmal zwei Jahren gestorben. Seine Eltern, sein bester Freund Max. Ihrem Andenken zuliebe würde er ihnen beweisen, dass er es schaffte.

»Ich höre damit auf und fange endlich ein neues Leben an. Der ganze Scheiß darf keine Macht mehr über mich besitzen. Ja, ich schaffe das. Ein letzter Schuss, dann ist Schluss mit dem Mist«, sprach er sich Mut zu.

Kurz darauf lehnte Mark, völlig apathisch und mit weit aufgerissenen Augen mit dem Rücken an der Wand des Lagers. In seinem linken Arm steckte noch die Injektionsnadel samt Spritze. Der Kolben war bis zum Anschlag durchgedrückt. Nach all der Aufregung war dem Jungen der Stoff eingefahren, wie selten zuvor. Sein Vorsatz von vorhin war längst vergessen. Zumindest für den Moment.

Unter mannshohen Brennnesseln

Mark kam erst am späten Nachmittag langsam wieder zu sich. »Verfluchte Scheiße, was war bloß mit dem Stoff heute los? Ich bin noch immer voll zugedröhnt«, stöhnte er, nachdem er sich umständlich aufgesetzt hatte.

Erst jetzt bemerkte er, dass er nicht alleine in dem ausgedienten Lager war. Das kleine schwarze Kätzchen saß neben ihm und beobachtete ihn aufmerksam. »Wir zwei sind uns heute doch schon über den

Weg gelaufen. Was war da bloß?«, versuchte er sich zu erinnern.

Nur wie in Zeitlupe kam sein Gehirn auf Touren und damit die Erinnerung an das Geschehene. »Shit! Wenn es dich gibt, habe ich das andere auch nicht geträumt? Dann liegt hier irgendwo eine Leiche herum! Sie hatten vor, am Abend wiederzukommen!«

Dem Jungen wurde plötzlich heiß. Das dumpfe »Poff, poff« der beiden Schüsse, die der Mann mit den weißen Haaren abgegeben hatte, hallte in seinen Ohren nach. »Ich muss von hier verschwinden, bevor die hier auftauchen!« Mark bemühte sich, auf die Beine zu kommen. Es folgten ein paar Versuche, bis ihm dieses Vorhaben gelang.

Gefolgt von dem kleinen schwarzen Kätzchen, verließ er das Lager. Draußen sah er sich nervös nach allen Seiten um. Die Abendsonne stand schon tief, es dauerte nicht mehr lange, bis die Dämmerung hereinbrach. Das war sonst die Zeit, wo er den Zirler Bahnhof ansteuerte, um die S-Bahn nach Innsbruck zu nehmen. Doch heute haderte Mark mit sich.

Sein Instinkt riet ihm, so rasch wie möglich das Weite zu suchen. Andererseits wurde seine Neugier immer stärker. Er hätte nur zu gerne gewusst, wo die beiden ihr Opfer versteckt hatten. Obwohl Marks Sinne durch die Drogen beeinträchtigt waren, war ihm klar, dass er sich dabei nicht den kleinsten Fehler erlauben durfte. Denn mit den Gangstern, zweifellos waren die Männer keine Seelsorger, war nicht zu spaßen.

Am Ende siegte die Neugier des Jungen. Mark ließ seinen Blick die Runde schweifen. Die Arbeiter auf dem Gelände schienen allesamt schon nach Hause gegangen zu sein. Nirgendwo war ein Rolltor offen oder Licht in einer der Werkstätten zu sehen. Langsam näherte er sich dem alten Volvo, unter dem er sich in der Früh versteckt hatte. Dabei sah er sich immer wieder nach allen Seiten um. Doch weit und breit war niemand zu sehen. »Wo haben sie dich hingebracht?«, murmelte er und bückte sich zu dem schwarzen Kätzchen nieder, um es zu streicheln. Urplötzlich hielt er damit inne.

»Das sieht aus wie eine Schleifspur«, deutlich zeichnete sie sich in dem groben Schotter ab, mit dem die Straße aufgefüllt war.

Die Spur führte von einem eingetrockneten Fleck weg. Mark versuchte, sich zu erinnern. »Ja, hier sind sie gestanden«, kalte Schauer liefen ihm über den Rücken. »Dann ist das hier sicher das Blut von dem Mann, der getötet wurde«, erschrak er.

Langsam folgte er der Spur mit seinen Augen. Sie führte direkt zu einer Böschung, die zur Gänze mit Brennnesseln übersäht war. Die winterharte Staude hatte durch die hochsommerlichen Temperaturen schon eine mannshohe Größe erreicht.

»Ein feines Versteck habt ihr euch ausgesucht. Freiwillig sieht hier sicher niemand nach. Aber ihr habt nicht mit mir gerechnet«, nickte er.

Mark ließ seinen Blick suchend herumschweifen. Er suchte etwas, das lang genug war, um damit die

Brennnesseln zur Seite zu drücken. Gleich darauf wurde er fündig. Es war ein alter Skistock. Er lehnte an einem Rolltor, das zu einer der Autowerkstätten gehörte, die über das Gelände verteilt waren.

Vorsichtig schob er damit die Stauden zur Seite, um eine Berührung mit den Pflanzen zu vermeiden. Wenn die Nessel berührt wird, brechen die Köpfchen der Brennhaare ab. Dabei geben sie eine Flüssigkeit ab, die Substanzen wie Ameisensäure enthält, die das schmerzhafte Brennen auf der Haut verursacht. Trotzdem nahm er das gerne in Kauf und verdrängte den Schmerz, der wie Feuer auf seinen freien Körperstellen brannte.

Der Junge brauchte gar nicht lange zu suchen. Keine zwei Meter vom Straßenrand entfernt, tauchten Schuhe, samt den dazugehörenden Beinen, auf. Mark tastete sich mit dem Skistock weiter vor. Sekunden später hatte er Gewissheit. Die starren Augen des Toten schienen ihn fragend anzublicken. Kein Zweifel, das war der Mann, den er heute in der Früh, zusammen mit den beiden anderen, gesehen hatte. Nur, dass er jetzt nicht mehr am Leben war.

»Shit, es ist doch wahr«, fieberhaft überlegte er die nächsten Schritte. Schemenhaft erinnerte er sich, dass er vorhatte, von einer Telefonzelle aus, die Polizei zu verständigen. Das war aber alles, bevor er sich diesen Schuss gesetzt hatte.

»Ich rufe die Bullen an und gebe ihnen einen Tipp«, beschloss er. Gleichzeitig fiel ihm ein, dass er sein letztes Geld für Drogen ausgegeben hatte.

»Ich sehe nach, ob er etwas dabeihat. In seiner Welt braucht man ohnehin keine Kohle«, Mark schob die Brennnesseln mit dem Skistock zur Seite. Die Nesselhaare brannten auf seiner Haut, doch er ließ sich davon nicht beirren. Hektisch durchsuchte er die Taschen des Toten.

Skrupel hatte er keine dabei. Von dem Mann hatte er nichts mehr zu befürchten. Einzig die Umstände, wie es dazu gekommen war, gaben ihm zu bedenken, doch das verdrängte er für den Moment.

Für den Bruchteil einer Sekunde stockte Marks Atem. Mit weit aufgerissenen Augen starrte der Junge auf das kleine Briefchen in seiner Hand. Er hatte es in einer Packung Zigaretten versteckt gefunden, die er aus der Innentasche des Jacketts des Toten gezogen hatte. Schon bevor Mark es öffnete, kannte er den Inhalt. Hastig riss er den kleinen Brief auf.

»Alter, der Stoff ist von der allerbesten Sorte. Keine Ahnung, ob du das in deiner Welt mitbekommst, aber Danke dafür«, grinste er und steckte das Briefchen in die Zigarettenpackung zurück.

Hastig setzte er seine Suche fort. Kurz darauf hielt er die Münzen für das Telefonat in der Hand. Zufrieden nahm er eine Zigarette aus der Packung und zündete sie an. Er inhalierte den Rauch tief in seine Lungen. Auf einmal vernahm er ein leises Rascheln. Das Geräusch schien direkt hinter ihm zu sein. Mark fuhr herum, um gleich darauf erleichtert aufzuatmen. Es war das kleine dreibeinige Kätzchen. Verspielt strich der schwarze Stubentiger um seine Beine.

»Hast du mir jetzt einen Schreck eingejagt«, lachte er und beugte sich zu der Katze hinunter.

Minuten später steuerte Mark, gefolgt von dem kleinen Kätzchen, zielstrebig den Zirler Bahnhof an. Er wusste, dass gleich nach dem Ausgang auf der linken Seite, leicht schräg gegenüber der Pizzeria, ein Münzfernsprecher stand. Sein Gang wirkte dabei alles andere als clean, trotzdem waren die Drogen im Moment gar nicht mehr das Wichtigste in seinem Leben. Nach all der schweren Zeit hatte er endlich wieder das Gefühl, gebraucht zu werden. Zum einen das kleine Kätzchen, das ihm seit heute Morgen ständig über den Weg lief und das er längst in sein Herz geschlossen hatte. Außerdem hatte er sich ja vorgenommen, der Polizei einen Hinweis zu einem Mord zu geben, von dem sie noch gar nichts wusste.

Entschlossen steuerte Mark auf die Telefonzelle zu. Er war so auf sein Ziel fixiert, dass er die Umgebung rund um sich herum gar nicht wahrnahm. Sonst hätte er sicher die beiden Männer in ihren dunklen Anzügen bemerkt, die schräg gegenüber, an einem Tisch im Gastgarten der Pizzeria saßen. Der eine von ihnen hatte auffallend weißblonde Haare und einen hellen Teint. Zudem trug er eine dunkle Sonnenbrille. Der Mann starrte konzentriert in sein Handy, aber der andere sah zu ihm herüber.

»Sieh mal den kleinen Junkie, dort drüben bei der Telefonzelle. Ich scheiß mich an, ist der zugedröhnt«, schüttelte er den Kopf, »ich glaube es nicht. Dieser

Fixer hat eine Katze dabei, die hat bloß noch drei Beine«, ruckartig stutzte er, »hey, warte mal. Das gibt es doch nicht! Das Vieh habe ich heute schon einmal gesehen!«, rief er.

Der Mann mit der Sonnenbrille fuhr herum. »Wo war das?«, fragte Sven in einem schneidenden Ton, während er das Smartphone auf die Seite legte.

»Heute in der Früh, drüben bei den Werkstätten. Du weißt schon«, antwortete der Mann.

»Halt dein blödes Maul. Es muss ja nicht gleich jeder mitbekommen, was heute passiert ist«, fuhr ihn der andere an.

»Was regst du dich so auf, hier ist doch weit und breit keine Sau«, rechtfertigte sich der Angesprochene.

»Nochmal von vorne für Langsamchecker! Das dämliche Katzenvieh ist mir scheißegal. Für uns ist nur wichtig, ob der Junkie auch dort war und uns womöglich beobachtet hat. Dann hätten wir nämlich ein Problem. Der Arsch hat meinen Namen genannt, bevor ich ihn kaltgemacht habe«, er sah seinen Begleiter an, »ist dir der Junkie heute dort aufgefallen?«, zischte ihn der andere an.

»Keine Ahnung! Verdammt nochmal, nein! Da war niemand. Aber warum fährst du mich so an. Du warst doch selbst auch mit dort«, antwortete der andere kleinlaut.

Die Männer waren so in ihre Diskussion vertieft, dass ihnen ein wichtiges Detail entging. Mark war inzwischen verschwunden. Als die beiden das bemerkten, verließ er gerade die Unterführung auf der anderen Seite der Bahnstrecke. Das dreibeinige Kätzchen folgte ihm dabei wieder wie ein Schatten.

»Der Junkie! Wohin ist die kleine Ratte hin? Die dämliche Katze ist auch nicht mehr da«, der Mann mit den hellen Haaren sah sich suchend um, »du blöder Idiot. Alles nur wegen dir«, fuhr er seinen Begleiter an.

»Was kann ich dafür? Pass das nächste Mal selbst besser auf, statt immer mir die Schuld in die Schuhe zu schieben«, maulte der frustriert.

Inzwischen wankte Mark auf das alte Lager zu. Das kleine Kätzchen folgte ihm dabei auf Schritt und Tritt. Er hatte zwar keine Ahnung, ob es ein Weibchen oder ein Männchen war, trotzdem hatte er auf einmal ein Gefühl der Geborgenheit. In Erinnerung an seinen verstorbenen besten Freund hatte er die Katze auf den Namen Max getauft. *»Er wäre sicher begeistert von dir«*, nickte er zufrieden.

Mark war stolz auf sich. Er hatte seinen Plan durchgezogen und den Polizeinotruf 133 angerufen. In ein paar knappen Worten hatte er geschildert, was passiert war und beschrieben, wo die Leiche lag. Dann hatte er wieder aufgelegt. Er war so aufgeregt, dass er dabei völlig übersehen hatte, eine genaue Täterbeschreibung abzugeben. Die freundliche Frauenstimme am anderen Ende der Leitung kam gar nicht mehr dazu, ihm weitere Fragen zu stellen.

An diesem Abend fuhr der Junge ausnahmsweise nicht nach Innsbruck, um sich dort wildfremden Männern anzubieten. Für heute war er ja versorgt.

Ein zufriedenes Lächeln huschte über Marks Gesicht. Dann setzte er sich kurz darauf den Schuss mit dem Stoff, den er bei dem Ermordeten gefunden hatte. Die Wirkung des Heroins strömte rascher durch seinen Körper, als er es bisher gewohnt war. Zum gleichen Zeitpunkt wurde die Polizeiinspektion Zirl von der Leitstelle über den Anruf des Jungen informiert.

»Komm, Ferry. Deine Brotzeit hat jetzt Pause. Es gibt Arbeit für uns«, sagte Revierinspektorin Claudia Gapp zu ihrem Kollegen, Gruppeninspektor Ferdinand Buchleitner.

Der Angesprochene sah sie mit großen Augen an. »Das ist jetzt aber nicht dein Ernst? Ich habe heute noch nichts zu Abend gegessen«, antwortete der Mann und legte die Schinkensemmel zurück in das Papier.

»Sorry, leider nicht zu ändern. Das war die Leitstelle. Ein Typ hat sich dort gemeldet. Die Kollegin hat zwar gemeint, dass er schwer nach Junkie geklungen hat, trotzdem ist es unsere Pflicht, der Sache nachzugehen. Angeblich liegt eine Leiche draußen beim Gewerbepark bei der Salzstraße«, sagte Claudia Gapp.

»Scheiße, das fehlt uns jetzt gerade noch. Kaum eine halbe Stunde im Dienst und schon geht der Germ auf«, maulte ihr Kollege und wickelte die angebissene Semmel wieder in das Papier ein.

Eine knappe Viertelstunde später bogen die beiden Polizisten mit ihrem Skoda Octavia von der Salzstraße in den Weg ein, den ihnen die Leitstelle genannt hatte. Zuerst war nichts Auffälliges zu sehen. Langsam fuhren sie mit ihrem Dienstwagen an den Werkstätten vorbei.

»Was ist denn das für ein Clown?«, sagte Ferdinand Buchleitner und deutet hinüber zu einem Mann, der trotz der Hitze ein grünrot kariertes Flanellhemd und einen breitkrempigen braunen Filzhut trug.

Aufgeregt stand dieser neben einem discoblauen KTM Ponny II, Super 4 de Luxe, Moped samt Anhänger, auf dem eine Werkzeugkiste, ein Rasenmäher, ein Rechen und ein leerer Laubsack zu sehen waren. Dabei gestikulierte er heftig mit einer Hand und drückte mit der anderen ein Handy fest an sein Ohr. Gleichzeitig sprang er immer wieder in die Luft.

»Schau mal, er erinnert mich irgendwie an einen Zirkusmops, der mit seinen Luftsprüngen die Aufmerksamkeit der Leute auf sich ziehen will«, lachte Claudia Gapp, während sie den Dienstwagen hin zu dem Mann steuerte.

»Sakra, sein mir da epper beim Raumschiff Enterprise? I glab's ja gar nimmer! Es seid's ja schneller wia die Polizei erlaubt. Hamm's eich jetzt her'beamt, oder wia geaht des so gach?. Grad hun i no mit dem Notruf telefoniert und g'sagt, sie soll'n g'schwind den Notarzt schicken und im gleichen Moment kemmt's es schun daher«, wurden die Polizisten von dem aufgeregten Mann empfangen.

»Langsam, alles der Reihe nach. Warum ein Arzt und worum geht es hier eigentlich?«, wollte Gruppeninspektor Ferdinand Buchleitner wissen.

»Wos hoasst da langsam? Da hinten liegt a junger Bua! Der gibt glei in Löffel ab? Wenn mir ins nit g'schleinen, isch der Bursch über'n Jordan. Kemmt's, i zoag Enk in Weg«, rief Korbinian Krug aufgeregt und lief hin zu dem Lager, in dem sich Mark vor knapp einer Stunde eine Überdosis injiziert hatte.

»Um Gottes willen, das ist ja wirklich noch ein halbes Kind«, rief Revierinspektorin Claudia Gapp, die Polizistin kniete sich rasch nieder und brachte den Jungen in die stabile Seitenlage.

Inzwischen waren, von der Salzstraße her, Folgetonhörner zu hören. Das Geräusch kam rasch in ihre Richtung näher. Sekunden später tauchten ein Notarztwagen, gefolgt von einem Rettungswagen, mit blockierenden Vorderrädern, auf der Schotterstraße auf. In eine dichte Staubwolke gehüllt, bremsten die Wagen vor dem Lager ab. Ein Notarzt und zwei Sanitäter sprangen aus den Autos und kümmerten sich sofort um Mark. Inzwischen nahmen die beiden Polizisten Korbinian Krug auf die Seite.

»So, jetzt erzählen Sie uns erst einmal, wer Sie sind, was Sie hier machen und wie Sie den Jungen gefunden haben?«, bat die Polizistin den Mann, der noch immer aufgeregt herumhüpfte.

Der Angesprochene langte in die Brusttasche seines Flanellhemdes und zog einen Personalausweis heraus. Seine Hand zitterte, als er ihn der Beamtin reichte, dabei schüttelte er die ganze Zeit über den Kopf.

»Korbinian Krug hoaß i. I wollt lei die Brennnesselstauden dort hinten mähen. Wisst's, i hun a kloane

Landwirtschaft in Zirl. Lang mach i des G'fahr eh nimmer mit, weil tragen tuat des G'reaschtl eh nix mehr. Der Milchpreis isch im Keller. Für's Fleisch kriagsch a immer weniger. Deswegen hilf i nebenbei hin und wieder mit Gärtnerarbeiten aus. A bissl Rasenmähen, die Wassertrieb von die Bäum z'ruggschneidn und so a Zeug halt. Der Schef von da hat mi gebeten, ob i ihm die Brennnesseln wegtoan kannt. Untertags war heut wieder so a Hitz, desswegen hun i bis zum Abend g'wartet. Wia i g'rad mei Glumpert vom Anhänger lupf'n mecht, hear i auf oanmal a lautes miauen. Fixsacklzement, was tuat denn da a'so, denk i mir no. Aber dös Viech hat nit aufg'heart, deshalb wollt i nach'schaugn, was des isch. Dabei hun i den Buab'm dort g'funden. Nacha hun i natürlich sofort alles stehn und liegen lassen und bin glei hin zu ihm. Den Rest habt's eh selber mit'kriagt«, sagte Korbinian Krug.

»Mit dem Mähen müssen Sie sich heute leider gedulden. Wir haben vorhin einen anonymen Hinweis bekommen. Möglicherweise handelt es sich hier um einen Tatort. Hier dürfen keine Spuren verwischt werden, bis die Ermittler alles gesichert haben«, sagte Gruppeninspektor Ferdinand Buchleitner.

»Ja Fixsacklzement, dös isch ja so aufregend wia im Krimi! Na, habe die Ehre. Und i mitten drein. Was isch denn epper passiert?«, fragte der Landwirt neugierig.

»Herr Krug. Sie wissen sicher, dass wir dazu nichts sagen dürfen. Das ist alles Gegenstand der Ermittlungen«, antwortete der Polizist.

»Eh wurscht. I hun ja lei g'fragt. Die Hauptsach isch, dass der Bua durchkimmt, und dass es ihm bald wieder besser geht«, sagte Korbinian Krug, während sie gemeinsam dem Rettungswagen hinterherblickten, der mit Mark an Bord, auf dem Weg in das Krankenhaus nach Innsbruck war.

Eine schwarze Mercedeslimousine

»Haben Sie vielleicht etwas dabei, mit dem wir die Brennnesseln zur Seite schieben könnten?«, fragte die Polizistin den Landwirt.

»Ja logo. I hun ja glei g'wisst, dass es zwoa ohne mi auf'gschmissn seid's«, grinste Korbinian Krug zufrieden.

Gemächlich schlenderte er zu seinem discoblauen KTM Ponny Moped und holte einen Rechen aus dem Anhänger. »Mit dem da miasst's gian«, sagte er und reichte Claudia Gapp das Gartengerät.

»Warten Sie bitte hier, Herr Krug. Das ist jetzt unser Job«, ersuchte Gruppeninspektor Ferdinand Buchleitner den Mann.

Widerwillig stellte sich der Landwirt hinter sein Moped. Doch er ließ die beiden Beamten nicht aus den Augen. Neugierig sah er immer wieder zu ihnen hinüber. Dabei reckte er seinen Hals, als wollte er mit einer Giraffe konkurrieren.

»Sagt's halt, wenn i enk eppes helfen kunn. Und vergesst's nit, dass i dös Greaschtl da no abmähen muass«, sagte Korbinian Krug.

»Das wird heute leider nichts mehr. Der anonyme Anrufer hat die Wahrheit gesagt. Hier liegt wirklich ein Toter. Damit ist das jetzt ein Fall für die Spurensicherung und die Mordkommission«, antwortete Ferdinand Buchleitner.

»Was, a Toter? I glab's ja gar nimmer! Ja Fixsacklzement, so a Scheißdreck. Wie kimmt der denn da mitten in die Brennnesselstauden eini?«, rief Korbinian Krug erschrocken.

»Genau das müssen wir erst herausfinden. Sicher ist nur, dass er nicht von alleine hier hineingekommen ist. Jemand hat ihn vermutlich zuerst getötet und dann hier abgelegt. Wir sperren jetzt das Gelände ab, damit nicht noch mehr Spuren verwischt werden. Holst du bitte das Band«, sagte Ferdinand Buchleitner zu seiner Kollegin.

»Na habe die Ehre. Dann haben sie den ja um'bracht. Fixsacklzement und i mitten drein in der G'schicht. Muass i jetzt epper gar um mei Leben fürchten? Treibt si der Mörder womöglich gar no in der Gegend herum?«, Korbinian Krug schlug entsetzt die Hände über dem Kopf zusammen.

»Beruhigen Sie sich wieder. Am besten wäre, Sie fahren jetzt erst einmal nach Hause. Meine Kollegin nimmt noch rasch ihre Adresse und ihre Telefonnummer auf. Halten Sie sich bitte zur Verfügung, falls wir heute noch Fragen an Sie haben. Morgen sehen wir uns ohnehin in der Polizeiinspektion«, sagte der Polizist.

»Es seid's aber schun guat. Und wer kümmert sich nacha um des Viechl da? Des hat ja lei drei Haxn. Des Katzl da können mir nit aloan da z'rugg lass'n«, meinte der Landwirt und deutete auf das kleine schwarze Kätzchen, das noch immer vor der offenen Tür des Lagers saß, in dem sie Mark vorhin gefunden hatten.

Die beiden Polizisten warfen sich fragende Blicke zu. »Wir rufen den Tierschutz an, damit sich jemand um das Tier kümmert«, er sah Korbinian Krug an, »oder Sie nehmen die Katze vorübergehend mit«, sagte Ferdinand Buchleitner nach kurzem Überlegen.

»Genauso hun i mir des vor'gstellt. Na, den Tierschutz brauchen mir da nit. I nimm dös Viech mit zu mir und a Ruah isch um die Hüttn. I hoff lei, dass die Gertrud nit allzu schiach tuat, sinsch hun i in Huat au«, sagte er und bewegte sich langsam zurück zu dem Anhänger, der hinten an seinem KTM Ponny Moped hing.

»Ah, Sie sind verheiratet! Dann würde ich das vielleicht besser vorher mit der Frau Gemahlin abklären, ob das passt. Zumindest würde es nicht schaden, wenn sie im Vorhinein Bescheid wüsste«, meinte der Polizist.

»Ha, ha, i und verheiratet! A so a Schmarrn. I bin ledig und des bleib i a. Die Gertrud isch mei Hund. A vier Jahr alt's, kohlrabenschwarzes belgisches Malinoisweibele«, sagte Korbinian Krug.

Der Polizist sah ihn mit großen Augen an. »Ein Malino was? Von so einer Rasse habe ich nie etwas gehört«, meinte er schließlich.

»Aber iatzt glab i's nacha. A belgischer Schäferhund isch des. Woasch iatzt, von was i da red?«, antwortete Korbinian Krug.

»Sicher sagt mir ein belgischer Schäferhund etwas«, er überlegte kurz, »solche Hunde haben wir ja sogar bei uns im Polizeidienst im Einsatz«, meinte er schließlich.

»Sig'sch, iatzt sein mir quitt, weil des woas i wieder nit, dass es bei di Buz a solche Hund habt's. Aber isch eh egal, i muass mi sowieso z'erscht um die kloane Katz da kümmern. Des arme Viech'l. So jung und lei mehr drei Haxn«, schüttelte Korbinian Krug mitfühlend den Kopf.

Er bückte sich und leerte die Werkzeugkiste aus, die er auf der Ladefläche montiert hatte und bettete den Boden mit ein paar Lagen Küchenrolle aus, damit alles schön weich war. Das kleine Kätzchen strich die ganze Zeit über vertraut um die Beine des Landwirts.

Korbinian Krug sah ihm eine Weile zu, dann umfasste er es vorsichtig mit beiden Händen und hob es auf. Behutsam setzte er es in der Kiste ab. Voller Neugier lugte das Tier heraus. Der Bauer wartete kurz ab, bis sie sich beruhigt hatte. Dann sicherte er alles mit einem quadratischen Deckel aus Maschendrahtgitter, das er auf dem Gelände gefunden hatte, damit das Tier nicht herausspringen konnte.

»Jetzt leg i no des G'wichtl auffi, dass a alles sicher ischt. Und wenn es moant's, dass es mi da nimmer braucht's, nacha schleich i mi halt eben«, sagte er und warf den Polizisten einen vorwurfsvollen Blick zu.

»Nein, vielen Dank für Ihre Unterstützung. Wir kümmern uns um alles Weitere. Bevor die Kolleginnen und Kollegen der Spurensicherung und der Mordkommission nicht hier sind, gibt es im Moment ohnehin nichts für uns zu tun«, meinte Revierinspektorin Claudia Gapp und stellte sich vor das Moped, »so dürfen wir Sie aber nicht fahren lassen, Herr Krug. Sie wissen doch, dass bei uns in Österreich die Helmpflicht gilt? Da gibt es selbst für Sie keine Ausnahme«, sagte sie und sah den Mann streng an.

Die Gesichtsfarbe des Landwirts wechselte von einer Sekunde auf die andere von gebräunt auf hochrot. Gleichzeitig fuhr er mit der rechten Hand in die Brusttasche seines Flanellhemdes und zog einen zerschlissenen Zettel hervor. »So, du siebeng'scheids Madl. Moansch du epper, weil du a Uniform unhasch, hasch die Weisheit mit'n Löffel g'fressen?«, Korbinian Krug holte tief Luft, »jetzt sag i dir amol was. Dös isch a Attest von meim Doktor, dass i von so oaner bleden Kopfkachl die Platzangst kriag. I hun sogar an Sonderausweis von der Bezirkshauptmannschaft dafür, den hun i leider nit dabei. Der liegt aber dahoam in der Kredenz. Außerdem schützt mi mei Filzhuat viel besser, weil i nit in meiner Bewegungsfreiheit eing'schränkt bin und des Hirnkastl mehr Luft zum Denken kriagt. So, und iatzt bin i dahin, wenn es mi da schun nit brauchts«, rief er aufgebracht, während er gleichzeitig den Starter von seinem KTM Ponny Moped betätigte.

Knatternd erwachte der 3-PS-Einzylindermotor des discoblauen Zweirads zum Leben. Korbinian Krug drehte ein paar Mal kräftig am Gas, was sofort mit einer blauen Rauchwolke aus dem Auspuff quittiert wurde. Dann zog er den Kupplungshebel und legte mit dem linken Fuß den ersten Gang des Vierganggetriebes ein. Der Mann war derart aufgeregt, dass er die Kupplung viel zu schnell kommen ließ. Wie ein echtes, aber dafür wild gewordenes Pony, das zudem von einer Wespe gestochen wurde, machte das Moped einen riesigen Satz nach vorne. Gleichzeitig stieg das Vorderrad steil in die Höhe. Dem Landwirt wäre dabei um ein Haar der breitkrempige braune Filzhut vom Kopf gerutscht. »Ja Fixsacklzement, wirf mi ja nit ab, du depperte Tschesn«, fluchte er lauthals, während er sich fest an den Lenker klammerte.

Die Polizisten sahen sich fragend an. So ein Schauspiel erlebten sie nicht jeden Tag. Doch das bekam

Korbinian Krug in seiner Aufregung alles nicht mehr mit. Eine bläuliche Abgaswolke hinter sich herziehend, knatterte er mit seinem Moped davon. Die schwarze Mercedeslimousine mit den abgedunkelten Seitenscheiben, die mit laufendem Motor direkt vor der Einmündung in die Salzstraße stand, bemerkte er gar nicht. Als er den Wagen passiert hatte, setzte sich der Mercedes ebenfalls in Bewegung und folgte ihm in einigem Abstand.

»Hast du gesehen, Sven. Der Typ hat die dreibeinige Katze dabei«, rief der Mann auf dem Beifahrersitz.

Der Albino warf ihm einen verächtlichen Blick zu. »Idiot, klar habe ich das gecheckt, Carlo. Ich bin ja nicht dämlich«, fuhr er seinen Komplizen an, »die Bullen haben die Leiche zu früh gefunden. Das mit den Gleisen wird nichts mehr. Das bedeutet aber, dass uns heute jemand beobachtet hat. Der Idiot mit dem Moped kommt dafür eher nicht in Frage. Man hat schon aus der Ferne gesehen, dass der völlig durch den Wind war, als die Polizisten auf die Leiche gestoßen sind«, sagte er.

»Dann bleibt nur die eine Person im Rettungswagen über«, kombinierte sein Komplize.

»Genau, du Schnellchecker. Damit wären wir wieder bei dem Junkie«, der Albino sah den anderen an, »du hast doch heute gesagt, dass die kleine Katze ihn vorhin begleitet hat. Ja, das ist es! Der ist gar nicht abgehauen. Die Rettung hat diesen verdammten Junkie abtransportiert. Der hat sich sicher den goldenen Schuss gesetzt. Er hat uns heute in der Früh beobachtet und von der Telefonzelle beim Bahnhof aus, die Bullen gerufen. Jetzt gilt es unbedingt herauszufinden, ob er die Sache überlebt hat. In diesem Fall haben wir ein Problem. Vielleicht hat ja der Idiot mit dem Moped eine Antwort darauf. Das werden wir bald wissen«, grinste er.

Korbinian Krug war noch immer derart aufgewühlt, dass er den schwarzen Wagen der ihm die ganze Zeit über wie ein Schatten folgte, nicht bemerkt hatte. Auf dem Weg nach Hause, drehte er sich zwar regelmäßig um. Dabei vergewisserte er sich aber bloß, ob das dreibeinige Kätzchen noch sicher in der Werkzeugkiste saß, die hinten am Anhänger war. Als er knapp zehn Minuten später in die Einfahrt zu seinem Hof einbog, hielt der schwarze Mercedes kurz an. Dann fuhr das Auto im Schritttempo daran vorbei und blieb wenige Meter dahinter in einer Parkbucht stehen.

»Dann checken wir den Knallkopf einmal ab, was er alles weiß. Du wartest hier im Wagen auf mich. Es ist unauffälliger, wenn ich alleine zu ihm gehe«, sagte der Albino.

Bevor er aus dem Auto stieg, sah er sich instinktiv nach allen Seiten um, ob die Luft rein war. Er rückte kurz die dunkle Sonnenbrille zurecht und verließ den Wagen. Schon an der Hofeinfahrt sah er Korbinian Krug. Der Landwirt stand mit dem Rücken zu ihm vor dem Anhänger, der hinten an dem blauen KTM Ponny Moped hing. Den braunen Filzhut hatte er weit in den Nacken geschoben, damit er einen freien

Blick hatte. Behutsam hob der Mann gerade das kleine Kätzchen aus der Werkzeugkiste.

Langsam näherte sich der Albino. Sein Gegenüber hatte ihn bisher noch immer nicht bemerkt. Als er knapp einen Meter hinter Korbinian Krug stand, schoss auf einmal ein dunkler Schatten, laut bellend und wie der Blitz aus dem Haus. Wütend tanzte ein schwarzer belgischer Schäferhund mit gefletschten Zähnen um den Fremden herum.

Der Landwirt fuhr erschrocken in die Höhe. »Sakrahaxen, hun i mi jetzt erschreckt! Viel hätt nit g'fahlt und die Katz wär mir aus'kemmen. Gertrud! Platz aber g'schwindt!«, rief er.

Der Hund ließ nur widerwillig von dem Mann ab. Setzte sich letztlich doch artig neben Korbinian Krug. Skeptisch musterte dieser seinen Besucher, »hasch di verlaufen oder was willsch von mir?«, fragte er dann.

Der Albino hob die Hände und machte dabei ein freundliches Gesicht. »Danke, dass Sie ihren Hund zurückgerufen haben. Ehrlich gesagt, habe ich sogar Angst vor Vierbeinern«, er deutete eine ungelenke Bewegung mit den Händen an, »entschuldigen Sie bitte, es lag keinesfalls in meiner Absicht, Sie zu erschrecken. Es ist bloß«, er zeigte zur Hofeinfahrt, »es ist mir wirklich peinlich, aber hätten Sie ein, zwei Liter Kühlwasser für mich. Die Anzeige von meinem Wagen leuchtet auf. Ich befürchte, es ist zu wenig drinnen«, sagte er.

»Ja warum sagst, dös nit glei? Bist dem Red'n nach sicher a Preiß ha?«, Korbinian Krug lachte, »freilich

kunsch a Wasser haben, a wenn a Deitscher bischt. Mir
sein ja schließlich in der EU und da hoasst's ja alleweil,
dass mir Europäer z'sammhalten miassn. Obwohl's
früher ohne des ganze G'fahr a nit schlechter g'laffn
isch. Des Oanzige was ins des da in Tirol 'bracht hat,
isch a mordsdrum mehr Verkehr. Iatzt gondeln ja alle
um'anander, wia ihnen g'rad in Sinn k'immt. Aber lassen mir des, weil des bringt eh nix. Die G'scheidn ob'n
in Brüssel haben ja sicher a Geheimrezept und am
End kimmt trotzdem nix außer. Die werden schon no
drauf'kemmen. Wia hoast's so nett. Die Geister, nach
denen i g'ruafn hun. Hoffen mir nur, dass ins dö nit
erd'rucken«, er zeigte hinüber zu einem handgeschnitz-
ten Holzbrunnen vor dem Haus, »die Giaßkandl steht
glei daneben. Nimm dir oanfach, soviel Wasser wie
du für dein Kibl brauchscht und stell mir die Kandl
nacha wieder hin. Wenn sie nit findesch, meld di lei,
weil i glab nit, dass mit dö schwarzen Augenglasln eppes sigscht, da hinten ist's a bissl schattig«, antwortete
Korbinian Krug, bevor er mit der dreibeinigen Katze
im Arm und dem kohlrabenschwarzen Hund an seiner
Seite auf das Haus zuging.

»Vielen Dank, das ist sehr freundlich von Ihnen.
Kompliment, Sie haben wirklich ein ausgezeichnetes
Gehör für Sprachen. Aber das ist Ihnen sicher längst
bekannt«, der Albino sah sein Gegenüber an.

Korbinian Krug nickte heftig. »Ja freilich woaß i
des. I kenn mi a in Deutschland superguat aus, deswegen kenn i alloan schun vun G'red, wo epper her isch.
Woasch, i kimm ja viel in der Gegend ummanand.

Zwoamal war i schun auss'n in Mittenwald. Oanmal
bin i sogar fascht bis nach Garmisch aussi'kemmen,
aber leider isch mir kurz vor der Sprungschanzen
die Tsches'n da ein'gangen«, er deutete auf das discoblaue KTM Ponny, »a Kolbenreiber. Nacha hun i
mit'n Zug hoamfahren miassn. Des war vielleicht a
G'frett, bis i des Moped zrugg k'riagt hun und der
Motor wieder g'richtet war«, sagte er.

Der Albino, hätte am liebsten lauthals losgelacht, er
verzog aber keine Miene. »Dann können Sie meine aktuelle Situation sicher bestens nachfühlen. Umso dank-
barer bin ich Ihnen deshalb, dass Sie mir mit etwas
Wasser für den Wagen aushelfen«, er deutete auf seine
Sonnenbrille, »leider muss ich die wegen meiner Augen tragen. Direktes Sonnenlicht ist Gift für mich«, der
Albino sah interessiert zur Katze, »die ist ja niedlich.
Aber was ist denn mit ihr passiert. Der armen Kleinen
fehlt ja ein Beinchen. War das ein Auto?«, fragte er.

Dabei klang seine Stimme ganz bewusst überaus
freundlich. Sein Ziel war ja, das Vertrauen des Mannes zu gewinnen.

Es schien tatsächlich zu funktionieren. Der Landwirt drehte um und setzte das schwarze Kätzchen
wieder vorsichtig in der Kiste ab. Dann wandte er
sich seinem Gegenüber zu. »Da fragsch mi z'viel. I
woas a nit, was da war. Die Katz isch mir heut quasi
zuag'lafn«, sagte er.

Der Albino sah ihn interessiert an. »Wie zugelaufen? Dann gehört die Kleine gar nicht Ihnen?«, wollte er wissen.

»Aber woher denn. Außerdem isch des gar nit da bei mir da'hoam g'wesn. I war heut grad vorhin draußen beim Gewerbegebiet in der Salzstraße, hinter'm Bahnhof. Der Besitzer von dort hat mi gebeten, dass ich ihm die Brennnesselstauden schneid«, Korbinian Krug erzählte dem Mann die ganze Geschichte.

»Das ist ja kaum zu glauben«, der Albino schüttelte den Kopf, »und Sie meinen, dass die Katze diesem Burschen gehört, den die Rettung ins Krankenhaus eingeliefert hat?«, fragte er schließlich.

»Ja, genau wissen tua i des natürlich a nit. Aber so wia des Viechl g'maunzt hat, nimm i des oanfach amol an. Die Buz haben zwar g'moant, dass sich a der Tierschutz drum kümmern kannt. I hun mi nacha halt erbarmt und die Katz praktisch adoptiert. Zumindest so lang, bis es dem Buab'm wieder geht, falls er die ganze G'schicht überhaupt überlebt«, antwortete Korbinian Krug.

Ein kurzes Zucken huschte über das Gesicht des Albinos. Doch diese Geste entging dem Landwirt.

Die Hündin reagierte dagegen sofort darauf. Laut knurrend sprang sie in die Richtung des Mannes, doch Korbinian Krug hielt sie zurück.

»Brav, Gertrud! Und iatzt Platz, aber gach!«, befahl er.

Der Albino wich erschrocken einen Schritt nach hinten. »Vielen Dank«, er sah sein Gegenüber an, »so arg, der arme Junge. Hat er denn noch etwas gesagt. Vielleicht seinen Namen oder was er dort gemacht hat?«, wollte der Gangster wissen.

Der Landwirt schüttelte energisch den Kopf. »Na, was soll der denn no g'sagt hab'm. Der war ja komplett zua. Alkohol, Tabletten, Drogen, so a Glumpert halt. I hab doch koan blassen Schimmer, was sich die Marimuhamaschlucker alles einijag'n. Ja, mir tuat der Bua a load. Des war ja no a halbes Kind«, sagte er.

Der Albino nickte mitfühlend. »Ja, es ist wirklich ein Trauerspiel mit diesen Drogen. Vor allem wenn die Addicts immer jünger werden.«

»Fixsacklzement, Add..., des versteh i nit. Die was?«, fragte der Landwirt.

»Entschuldigen Sie bitte, ich immer mit meinen englischen Ausdrücken. Damit meinte ich das Alter des Burschen. So jung und schon schwer abhängig«, sagte der Albino.

»Ja, es isch a Scheißdreck heutzutag. Vor allem, weil a jeder lei mehr mit so englische Ausdrück umma'nand wirft, de a so a g'scherter Hamml wia i nit versteht«, Korbinian Krug sah den Mann an, »aber Sie ham decht a Wasser für's Auto wollen? Weil i sollt langsam weitertuan. I hun nit Zeit, dass i den ganzen Tag mit Ihnen ratsch. Schließlich hun i a Verpflichtung«, der Landwirt deutete auf die Werkzeugkiste, »i muass mi um die Katz da kümmern. Mit ihre drei Haxn kimmt sie nit weit. Die Kloane hat sicher an Mordshunger. Außerdem miass'n sich die zwoa da z'samm g'wöhnen, weil die kennen si ja nit«, sagte er und zeigte dabei auf seine belgische Schäferhündin und die dreibeinige Katze.

Der Albino hob entschuldigend die Hand. Dann strich er eine nicht vorhandene Falte am Jackett seines schwarzen Anzugs glatt. »Verzeihen Sie bitte, dass ich Ihre Zeit so über Gebühr in Anspruch genommen habe. Aber die Geschichte mit dem Jungen hat mich so berührt, dass ich an den eigentlichen Grund meiner Anwesenheit doch tatsächlich nicht mehr gedacht habe. Danke nochmals, dass Sie mir mit dem Wasser aushelfen«, sagte er und ging auf den Brunnen zu.

Während sich der Landwirt um die kleine Katze kümmerte, ließ seine schwarze Hündin den Fremden keine Sekunde aus den Augen. Knurrend verfolgte sie mit hoch aufgestellten Ohren jede seiner Bewegungen.

Der Albino war gerade dabei, die Gießkanne zu füllen, als er Korbinian Krugs Stimme hörte. Langsam drehte er sich zu dem Mann um.

Der Landwirt hatte inzwischen die Katze aus der Werkzeugkiste gehoben. Er hielt das Tier mit beiden Händen und sah ihr direkt in die Augen.

»Du kloaner, schwarzer Wuzl. Wenn du grad red'n kanntesch. Sakrahaxen, i glab, du hättesch gwi'ss an Haufen zu erzählen. Du wüsstest sicher, wia der Tote in die Brennnesselstauden eini'kemmen isch«, sagte er.

Dem Albino wäre fast die Gießkanne aus der Hand gefallen. Doch er hatte sich rasch wieder gefasst. Langsam kam er auf Korbinian Krug zu.

»Wie! Ist etwa heute dort draußen außer dem Vorfall mit dem Jungen noch etwas passiert?«, wollte er wissen.

In diesem Moment sprang die Hündin auf und rannte, laut bellend, auf den Mann zu. Der wich erschrocken zurück.

»Gertrud! Aus sag i, aber glei! Und iatzt mach sofort brav Platz«, rief der Landwirt in einem Ton, der die Hündin zusammenzucken ließ. Korbinian Krug holte tief Luft. »Ja was glabsch denn! Da draußen war heut a Wirbel! An Toten ham's g'funden. Des muasch erst einmal verdauen, des war vielleicht a G'fahr. Die boaden Buz waren voll aus'm Häusl. Mitten in die Brennnesseln drein isch der g'legen. Des war wia in an Tatort Krimi und i, mittend'rein«, verkündete er mit stolzgeschwellter Brust.

Der Albino stellte die Gießkanne langsam neben sich auf den Boden. Dann richtete sich sein Blick auf Korbinian Krug »Wie, einen Toten? Aber wie kommt denn der da in die Brennnesseln?«, meinte er.

»Genau dös hun i vorhin di Buz a g'fragt. Von selber kunn der sicher nit dort eini'glaffen sein, der war ja g'wiss schon vorher hin. Aber statt a Antwort ham's lei g'moant, i soll mi verrollen, weil dös iatzt a Tatort isch und koane Spuren verwischt werden derf'n. Dabei hätten's den Toten ohne mein Rechen gar nit g'funden. Den hun i ihnen g'liehen. Aber was kunnsch denn von die Weißkappler a schon anders erwarten. Nacha hun i die Katz da packt und bin hoam'gfahren. Schließlich muass sich ja jemand um des Vichl kümmern«, sagte er enttäuscht.

»Das ist wirklich ein sehr edler Zug von Ihnen. So etwas würde nicht jeder machen. So, jetzt ist es aber wirklich an der Zeit. Danke für das Wasser. Ich stelle die Gießkanne wieder zurück, wenn ich das Kühlwasser in meinem Wagen aufgefüllt habe«, sagte der Albino, bevor er sich verabschiedete.

»Passt schon. Habe die Ehre«, antwortete Korbinian Krug, dann ging er mit der kleinen, dreibeinigen Katze im Arm auf das Haus zu.

Gertrud, die schwarze Hündin des Landwirts, ließ den Fremden hingegen nicht aus den Augen. Knurrend verfolgte sie ihn, bis er aus ihrem Blickfeld verschwand. Dann folgte sie ihrem Herrchen ins Haus.

»Nägel mit Köpf«

Die Rettung hatte Mark inzwischen in das Landeskrankenhaus Innsbruck eingeliefert. Das Personal dort war längst vorinformiert, dass sich der Junge in einem lebensbedrohlichen Zustand befand. Der Notarzt hatte alles vom Rettungswagen aus in die Wege geleitet. Deshalb wurde er direkt auf die Intensivstation gebracht.

Dort kämpfte Mark jetzt um sein Leben. Seine Verfassung hatte sich mittlerweile derart verschlechtert, dass ihm die Ärztinnen und Ärzte nicht mehr viel Chancen gaben. Dem Jungen drohte ein multiples Organversagen. Marks Körper wurde immer wieder von schweren Krämpfen gebeutelt. Zudem litt er unter Atemaussetzern, dabei raste sein Herz, als wolle es jeden Moment aus seiner Brust springen. Er wurde deshalb sofort nach seiner Einlieferung in den Tiefschlaf versetzt und künstlich beatmet. Das Leben des Jungen hing an einem seidenen Faden.

Marks ausgezehrter Körper hatte einfach keine Reserven mehr. Er litt schon seit längerem an Hepatitis, als Folge einer Entzündung der Leber, davon wusste er bisher aber nichts. Dies führte jedoch dazu, dass der Junge auch noch an Gelbsucht erkrankt war. Das Heroin, das er bei dem Toten gefunden hatte, gab ihm dann endgültig den Rest. Der Stoff war alles andere als rein. Er wurde mit Paracetamol gestreckt, das bei einer zu hohen Dosis schwere Leber- und Nierenschäden verursachen kann. Doch damit nicht genug, das Rauschgift war zusätzlich mit Fenatyl versetzt, einem Wirkstoff, der etwa 100-mal stärker war als Heroin, was die Gefahr einer Überdosierung um ein Vielfaches steigerte.

Genau das war bei dem Jungen geschehen. Am Ende führte diese Überdosis dazu, dass Marks Körper nicht mehr mitmachte. Seine Körperfunktionen brachen völlig in sich zusammen. Ohne die kleine dreibeinige Katze hätte Korbinian Krug den Jungen sicher niemals gefunden. Den beiden hatte Mark es zu verdanken, dass er überhaupt noch am Leben war. Doch das hatte er alles nicht mehr mitbekommen. Dank der Medikamente, die ihm die Ärzte verabreichten, befand er sich gerade in einer Welt ohne Leiden, in der es auch keine Schmerzen gab.

Mark wanderte über eine herrlich duftende Wiese. Bunte Feldblumen erstrahlten in den schönsten Farben. Die Luft war erfüllt vom Summen der Bienen. Schmetterlinge tanzten um ihn herum. Er war barfuß. Das Gras kitzelte den Jungen zwischen den Zehen. Alles wirkte friedlich und einladend. Direkt vor ihm tauchte in der Ferne plötzlich ein gleißendes Licht auf. Es schien fast, als würde die Sonne über die Erde wandern. Langsam kam es näher auf ihn zu. Dabei wurde es immer größer, bis Mark in seinem Inneren schemenhaft die Konturen eines Menschen erkennen konnte.

Keine fünf Meter entfernt blieb es vor dem Jungen stehen. Er hatte inzwischen gesehen, wer sich darin verbarg. Es war sein bester Freund Max. Er trug ein weißes Gewand. Das strahlende Licht, das ihn umhüllte, schien direkt aus seinem Herz zu kommen.

Max hob die Hand. »Mark, mein lieber Freund. Erinnerst du dich noch daran, als ich zu dir gesagt habe, das ist ein Gefühl, wie wenn man versucht, auf einem Tiger zu reiten«, sagte er.

Mark nickte bloß. Denn er war nicht fähig, irgendein Wort über seine Lippen zu bringen.

»Ich bin auf dem Tiger geritten. Er hat mich in eine neue, unbekannte Welt geführt, in der nur Friede und Harmonie herrscht. Streit und Neid existieren hier nicht. Genauso wenig wie Schmerz und Leid. Dort braucht man keinen Besitz und auch kein Geld, weil das alles bloß vergängliche, irdische Dinge sind, die hier weder notwendig, noch wichtig sind«, Max hielt kurz inne, »du wolltest ebenfalls auf dem Tiger reiten. Doch die Zeit dafür ist für dich noch nicht gekommen. Du hast in deiner Welt noch Aufgaben zu erfüllen. Du wirst dort gebraucht, deshalb hat dir der Tiger diesen Ritt verwehrt. Ich dagegen habe hier meinen Frieden gefunden. Finde diesen auch in dir und in der Welt, die dich umgibt. Wenn die Zeit gekommen ist, sehen wir uns wieder«, damit endeten die Worte von Max.

Mark sah wie gebannt zu seinem besten Freund. Wie lange hatte er die vertraute Stimme von Max nicht mehr gehört. Sie klang noch deutlich in seinen Ohren nach. Inzwischen veränderte sich das Szenario. Das gleißende Licht wurde langsam immer schwächer, damit auch die Konturen von seinem besten Freund. Mark hielt den Atem an. Gebannt starrte er auf die Stelle, wo Max eben noch gestanden hatte. Er hatte sich in Luft aufgelöst und war zurückgekehrt in die Welt, in die ihn der Tiger geführt hatte und die jetzt die seine war.

Das Erste, was Mark spürte, als er langsam wieder zu sich kam, war dieser unendlich fahle Geschmack im Mund. Alles fühlte sich staubtrocken an, so als hätte er Sand gegessen. Dazu kamen diese quälenden Schmerzen, die jetzt in immer kürzer werdenden Intervallen durch seinen Körper jagten. Langsam versuchte er, die Augen zu öffnen. Ihm war speiübel, deshalb gelang ihm dies erst beim dritten Versuch. Mark blinzelte, als er in ein ihm unbekanntes Gesicht sah.

»Willkommen zurück im Leben, mein Junge«, sagte eine weibliche Stimme freundlich zu ihm.

Es dauerte eine Weile, bis die Worte zu ihm durchdrangen. Er versuchte, sich zu bewegen, doch er konnte sich nicht rühren. Mark ließ seinen Blick im Zeitlupentempo nach unten wandern. Seine Arme waren mit schaumgepolsterten Lederriemen am Bett festgemacht. Sekunden später wurde ihm der Grund dafür bewusst, als sich seine Muskeln schlagartig verkrampften. Eine Schmerzwelle jagte die andere. Er zuckte am ganzen Körper. Dicke Schweißperlen traten auf Marks Stirn. Mit einem flehenden Blick sah er die Frau an seinem Bett an.

»Ich brauche eine Spritze! Nur einen einzigen Schuss, damit diese verdammten Schmerzen weggehen. Bitte!«, hauchte er kaum hörbar.

Die Frau nickte verständnisvoll. »Ich weiß, was du gerade durchmachst. Es muss sich anfühlen, als ob du mitten durch die Hölle gehst«, sie schüttelte den Kopf, »wir hatten kaum noch Hoffnung für dich. Dein Leben hing an einem seidenen Faden, doch du hast wie ein Löwe darum gekämpft. Du warst jetzt fast vier Tage im Tiefschlaf. Der Stoff hat eine schwere Sepsis, also eine Infektion, bei dir hervorgerufen. Das hat zu einem Kreislaufversagen geführt. Wir mussten dich wiederbeleben. Du hattest großes Glück, dass du das überlebt hast«, sagte sie.

»Aber ich habe solche Schmerzen. Bitte, nur eine letzte Spritze, damit das endlich aufhört!«, flehte Mark.

»Du weißt, dass das nicht geht«, die Frau deutete auf die Infusionsflasche über ihm, »da ist ein Beruhigungsmittel drinnen. Wenn du möchtest, kann ich die Dosis noch ein wenig erhöhen«, sie sah Mark fragend an.

Der schüttelte nur den Kopf.

»Ich habe mich dir noch nicht vorgestellt. Ich heiße Eva Natter und bin hier die leitende Ärztin auf der Intensivstation für innere Medizin. Du bleibst noch ein paar Tage hier bei uns auf der Station, bis sich dein Körper stabilisiert hat. Dann wirst du auf die Normalstation verlegt«, die Ärztin sah auf ihre Uhr, »es kommt gleich ein Kollege von mir vorbei. Er heißt Klaus Zangerl und ist Psychologe hier bei uns. Er begleitet den medikamentösen Entzug bei dir, solange du hier bei uns im Landeskrankenhaus bist«, sagte sie.

Mark schloss kurz die Augen. Für einen Moment schien es, als hätte er sich beruhigt. Doch dann brach alles aus ihm heraus. Sein Körper bäumte sich auf. Er hatte weißen Schaum vor dem Mund. Der Junge versuchte, sich loszureißen. Aber die Lederriemen hielten seinem Zerren stand und gaben nicht nach.

»Du blöde Sau! Mich interessiert nicht, wer du bist oder was dieser Klaus Zangerl hier macht. Gib mir endlich diese verdammte Spritze, du Hure. Ich halte diese Schmerzen nicht mehr aus. Gib mir einen Schuss, jetzt, sofort.«, schrie er wie von Sinnen, dann ließ er seinen Kopf kraftlos zurück in das Kissen fallen.

Die Ärztin stand wieder auf. Mitfühlend sah sie Mark an.

»Ich weiß, dass das für dich im Moment kaum zum Aushalten ist, aber es hilft nichts. Vertraue mir bitte und halte durch. Du bist nicht der erste Patient hier, den wir wegen einer Überdosis behandeln. Obwohl du zweifellos zu den Jüngsten zählst. Ich möchte nicht, dass das Gift deinen Körper vollends zerstört. Du hast noch das ganze Leben vor dir. Wenn es für dich in Ordnung ist, frage ich auf der Suchtstation im psychiatrischen Krankenhaus Hall an, ob ein Platz für eine Entzugstherapie frei ist. Das wird nicht leicht, weil alles fast immer vollständig belegt ist. Die Voraussetzung dafür ist aber, dass du mitmachst«, Eva Natter schüttelte den Kopf, »die zweite Alternative wäre ein Entzug im Gefängnis. Aber du hast dir nichts zuschulden kommen lassen, deshalb schließen wir das aus. In Hall betreuen dich erfahrene Psychologinnen und Psychologen auf deinem Weg. Das ist alles freiwillig, und dieser Schritt ist nicht leicht. Wenn du das schaffst, bist du frühestens in einem halben Jahr clean«, sie sah ihn verständnisvoll an, »überlege es dir und teile mir oder meinem Kollegen Doktor Zangerl deine Entscheidung mit, wenn du soweit bist«, sagte sie.

»Mama und Papa sind tot. Max ist in meinen Armen gestorben. Ich habe niemanden auf der Welt. Und diese Schmerzen, ich halte sie nicht mehr aus!«, flüsterte er kaum hörbar.

»Es gibt für alles im Leben eine Lösung. Das Wichtigste ist im Moment Geduld und Vertrauen«, sie sah den Jungen an, »ach, ja. Der Mann, der dich gefunden hat, erkundigt sich jeden Tag nach dir. Dein Schicksal hat ihn tief berührt«, antwortete die Ärztin.

Mark traten Tränen in die Augen. Aber er war nicht mehr fähig, darauf zu antworten. Er wurde vom alles erlösenden Schlaf übermannt.

Korbinian Krug saß bei sich daheim in der Küche. Vor ihm auf dem Tisch stand ein Stein Bierkrug mit der Gravur eines KTM Ponny II, Super 4 de Luxe Mopeds. Er hatte sich gerade ein frisches Bier eingeschenkt. In Gedanken verloren starrte er auf die Schaumkrone und sinnierte vor sich hin. In den vergangenen Tagen hatte er sich täglich mehrmals über den Zustand von Mark erkundigt. Natürlich wusste er, dass ihm das Krankenhaus darüber keine Auskunft geben durfte, doch er ließ sich nicht abwimmeln. Dem Landwirt fiel ein Stein vom Herzen, als er heute am Vormittag von einer mitfühlenden Krankenschwester erfahren hatte, dass der Junge zwar noch immer nicht über dem Berg war, sein momentaner Zustand aber einen leisen Hoffnungsschimmer aufkeimen ließ. Plötzlich ging ein Ruck durch seinen Körper.

»So, iatzt mach i aber echt Nägel mit Köpf. Weil, i derf den armen Buam nit hängen lassn. Tschankie hin oder her. Der hat in seinem jungen Leben schon g'nuag Scheiß'dreck mitg'macht. Wenn der wirklich die Kurven k'riagt und von dem Glump los'kimmt, nacha kunn er bei mir wohnen, weil i glab nit, dass der jemanden hat, der sich um ihn kümmert. Die kloane Katz von ihm hun i ja eh schun. Am Platz fahlt's bei mir Gott sei Dank nit und mit der Gertrud weart er sich sicher a vertragen«, er trank einen Schluck, »ja, genauso mach i des«, beschloss er.

Der Landwirt ahnte zu diesem Zeitpunkt noch nicht, was alles auf ihn zukommen würde. Die Ernüchterung folgte gleich am nächsten Morgen. Korbinian Krug erkundigte sich auf der Gemeinde, was er brauchte, um den Jungen zu adoptieren.

»Fixsacklzement, so a Bürokratie! Zefix no amol, isch des kompliziert. Des hoasst also, i muass iatzt extra auf die Bezirkshauptmannschaft in Innsbruck laff'n? Aber ihr kennt's mi decht. Kunn'sch nit du hinschreiben, dass i a ehrbarer und unbescholtener Bürger bin und dass es der Bua bei mir g'wiss guat hätt? Da weart's wohl g'niagn, wenn du des für mi bestätigsch. Zirl isch ja koa Grattlersiedlung, oder? Mir sein sogar seit Juni 1984 a richtige Marktgemeinde, obwohl von der Greass her, miassat'n mir schun lang a Stadt sein. Mit so oan Hintergrund, kannt'escht mir die blede Beschtetigung decht ausstellen, oder nit?«, wollte er von der Mitarbeiterin im Gemeindeamt wissen.

Doch es half nichts. Die Gemeindebedienstete schüttelte den Kopf. Sie musste sich an die Vorschriften halten. Da gab es auch für Korbinian Krug keine Ausnahme. Knapp zehn Minuten später war der Landwirt mit seinem discoblauen KTM Ponny Moped auf dem Weg nach Innsbruck. Wie immer trug er seinen breitkrempigen, braunen Filzhut auf dem

Kopf. Über das grünrot karierte Flanellhemd hatte er ein schwarzes Gilet aus Leder gezogen.

Es versprach, ein weiterer Hitzetag zu werden. Korbinian Krug war froh, dass es erst halb zehn Uhr am Vormittag war. Um diese Zeit waren die Temperaturen noch leicht zum Aushalten, vor allem entlang des nahe gelegenen Inns. Der Fahrtwind strich angenehm über sein Gesicht, als er, nach der Kurvenkombination am Fuße der Martinswand, die Gerade beim Meilbrunnen auf der Bundesstraße in Richtung Innsbruck entlangfuhr. Rechts von ihm zog der Fluss seine Bahn.

Der Landwirt hatte den vierten Gang seines discoblauen Mopeds voll ausgefahren. Der 3-PS-Motor heulte schrill vor sich hin. Die Tachonadel des KTM Ponny kratzte knapp an der 50 km/h Marke.

»Sakrahaxen, heit laff des Maschindl wieder wie g'schmiert. Wenn des koa guat's Omen isch. I muass lei auf'passen, dass mir bei dem Tempo der Fahrtwind nit die Filzkachl vom Kopf wahnt. Habe die Ehre, des geat ja fascht so schnell dahin, wie seinerzeit beim Tschaggomo Agoschtini (Giacomo Agostini, mit 15 Weltmeistertiteln und 122 Grand-Prix-Siegen gilt der Italiener als einer der besten Motorradrennfahrer der Geschichte) auf seiner MV-Augusta«, grinste Korbinian Krug zufrieden vor sich hin, während er an dem Schotterwerk vorbeifuhr.

Eine knappe halbe Stunde später parkte er sein discoblaues Moped direkt vor der automatischen Türe der Bezirkshauptmannschaft Innsbruck. Bevor er den Motor abstellte, drehte er noch zweimal kräftig am Gas, sodass der kleine Einzylinder laut aufheulte. Dann stieg er gemächlich ab. Korbinian Krug wuchtete sein Moped gerade auf den Hauptständer, als auch schon ein Mann aus dem Gebäude gerannt kam.

»Hallo Sie! Hier ist Halten und Parken verboten. Stellen Sie bitte ihr Fahrzeug auf den dafür vorgesehenen Parkflächen ab!«, rief er aufgeregt.

Der Landwirt registrierte zuerst gar nicht, dass ihm die ganze Aufregung galt. Er rückte den braunen Filzhut auf seinem Kopf zurecht und betrachtete dabei die Wappen an der Fassade des Gebäudes.

»Entfernen Sie sofort dieses Moped, oder ich lasse es abschleppen! Das wird dann aber nicht billig«, fuhr ihn der Mann an.

Endlich reagierte Korbinian Krug wie in Zeitlupe. »Red'sch du am'end mit mir?«, fragte er.

»Nein, ich führe bloß gerne Selbstgespräche«, antwortete der Mann genervt, seine Verärgerung war jetzt nicht mehr zu überhören.

»Nacha isch ja eh alles paletti. Und iatzt geh mir aus'm Weg, weil i hun grad an wichtigen Behördengang vor mir«, sagte der Landwirt.

Korbinian Krug wollte auf den Eingang zugehen, doch der Mann stellte sich ihm in den Weg. Wutentbrannt stemmte er beide Hände in die Hüften, wodurch sein nicht zu übersehendes Bäuchlein deutlich zur Geltung kam. Dabei zitterte sein dunkler Oberlippenbart vor lauter Aufregung.

»Ich fordere Sie ein letztes Mal auf, mein Herr. Entfernen Sie sofort dieses Gefährt von hier und stellen es, wie alle anderen, auf der Parkfläche drüben bei der Straße ab. Wenn Sie dem nicht nachkommen, bin ich gezwungen, den Sicherheitsdienst zu rufen. Das wird dann Konsequenzen für Sie haben«, forderte ihn der Mann energisch auf.

»Geh pudel di nit so au, du G'schaftlhuaber. Aber wenn'd moansch, schiab i halt mei Tschesn da ummi, damit endlich a Ruah gib'sch«, gab sich Korbinian Krug geschlagen.

Als er sich kurz darauf beim Eingang erkundigen wollte, wo die Jugendabteilung ist, staunte der Landwirt nicht schlecht. Hinter dem Glasfenster am Schalter saß genau jener Mann, der ihn gerade zurechtgewiesen hatte und dem er nicht allzu freundlich begegnet war.

»Na habe die Ehre, so a depperter Schaß, der Haberer hat mir g'rad no g'fahlt. So wia der draußen vor der Tür drauf war, werd i, von dem sicher nit viel erfahren. Mir bleibt a wirklich gar nix erspart«, trotzdem gab er sich einen Ruck.

Korbinian Krug nahm all seinen Mut zusammen und fasste sich mit der Hand an seinen braunen Filzhut. Er setzte ein freundliches Gesicht auf, während er sich dem Schalter näherte.

»Entschuldigung der Herr, wo find i da in dem Haus die Jugendabteilung, weil i hätt a dringendes Anliegen?«, fragte er.

Der Angesprochene blickte von einem Rätselheft auf. Als er erkannte, wer vor ihm stand, verfinsterten sich seine Gesichtszüge. Trotzdem drehte er das Mikrofon, mit dem er sich mit seinem Gegenüber verständigen konnte, näher zu sich.

»Sie schon wieder! Haben Sie überhaupt einen Termin?«, wollte er wissen.

»Zefix no amol, für was brauch i denn so eppes? Fixsacklzement, wenn es um Leben und Tod geaht, braucht ma decht koan so an depperten Termin, da muass ma handeln, bevor alles z'spät isch«, antwortete er energisch.

Der Mann hinter dem Schalter wurde jetzt hellhörig. »Um was geht es denn eigentlich?«, wollte er wissen.

Korbinian Krug erklärte die Geschichte. Dabei war er so aufgeregt, dass er sich immer wieder den Schweiß von der Stirn wischen musste. Der Mann hörte ihm die ganze Zeit über aufmerksam zu. Als er fertig war, drehte der Mitarbeiter hinter dem Schalter das Mikrofon weg und griff zum Telefon. Der Landwirt verstand zwar nicht, was gesprochen wurde, verfolgte aber aufgeregt jede Bewegung. Nach fünf langen und quälenden Minuten legte der Mann den Hörer endlich auf.

»Zuerst die gute Nachricht. Sie können sofort vorbeikommen. Allerdings ist die Kinder- und Jugendhilfe nicht hier im Haus, sondern in der Neuhauserstraße in Wilten. Wissen Sie, wo das ist?«, fragte er.

»Na, aber des werd i schun find'n. Innsbruck isch ja schließlich nit Tokyo oder New York, dort würd man sich eher verlaff'n. Außerdem redt ma bei ins ja Deutsch, nacha kunn i mi ja durchf'ragen«, sagte Korbinian Krug und wandte sich schon zum Gehen.

»Einen Moment, warten Sie«, der Mann langte

in eine Schublade, »hier ist ein Übersichtsplan. Ich zeichne Ihnen den Weg ein, wie Sie am besten hinkommen. Sie sind ja mobil, da sind sie in ein paar Minuten dort«, antwortete der Mitarbeiter.

»Habe die Ehre, des isch a Service, Sakrahaxen. Vergelt's Gott tausend Mal. Und entschuldigen's bitte no amol, dass i Si vorhin wegen mei'm Moped so ung'fahren hun. Des war nit so g'moant, aber die G'schicht von dem Buab'm lasst mir oanfach koa Ruah«, sagte Korbinian Krug, als er den Plan entgegennahm.

»Kein Problem, gerne geschehen. Gott sei Dank gibt es solche Menschen wie Sie, die vor so etwas nicht die Augen verschließen, sondern ein goldenes Herz beweisen«, der Mann sah den Landwirt an, »meine Kollegin hat aber gemeint, dass es nicht leicht werden wird. Vor allem, wo Sie nicht einmal wissen, ob der Bursche Angehörige hat oder nicht. Trotzdem viel Glück«, antwortete der Mitarbeiter.

»Des isch gleich wia beim Lotto. Wenn man's nit probiert, weard, man's a nit der'fragen, ob ma g'wonnen hat. An Versuch isch's deswegen allemal wert. Also, pfiat di Gott und habe die Ehre«, Korbinian Krug war schon auf dem Weg in Richtung Ausgang, da drehte er sich noch einmal um, »und dank schian no amol für alles«, rief er und winkte dem Mann hinter dem Schalter zu.

Unter Beobachtung

Mittlerweile hatte nach einem langen, heißen Sommer und einem nasskalten Herbst, der Winter Einzug ins Land gehalten. Es war Ende Jänner. Mark saß in seinem Zimmer auf der Spezialstation für Kinder und Jugendpsychiatrie im psychiatrischen Krankenhaus Hall und sah zum Fenster hinaus. Vor ihm lag der weitläufige Garten mit Blick auf die gegenüberliegenden Berge. Der Glungezer und der Patscherkofel waren längst schneebedeckt. Von seinem Standpunkt aus sah

108

Mark die Pisten, die für die Wintersportlerinnen und Wintersportler bereitstanden. Der Junge war jetzt über ein halbes Jahr hier. Hinter ihm lag eine beschwerliche und vor allem schmerzvolle Zeit, doch er hatte es geschafft und war von den Drogen losgekommen.

Er hatte damals seinen Ärztinnen und Ärzten vertraut und durchgehalten. Eva Natter und Klaus Zangerl hatten alle Hebel in Bewegung gesetzt, damit er nach seinem Aufenthalt im Landeskrankenhaus Innsbruck, einen Platz auf der Spezialstation in Hall bekam. Das war keineswegs alltäglich, denn normalerweise ist alles belegt. Mark ist in dieser Zeit mehrmals täglich durch die Hölle gegangen, doch er hatte nicht aufgegeben. Es war ein beschwerlicher Weg, aber er hatte rasch gecheckt, dass dies seine einzige Chance war. Gemeinsam mit den Psychologinnen und Psychologen vor Ort hatte er sein Ziel erreicht. Er war clean.

Jetzt im Nachhinein betrachtete der Junge die letzten Monate voller Demut und Dankbarkeit. Die Schmerzen waren an manchen Tagen zwar kaum zu ertragen. Aber er hatte die ganze Zeit über Menschen an seiner Seite, die ihn unterstützten. Das half ihm auf den Weg zurück. Damals im Jugendheim war sein bester Freund Max der Einzige, der zu ihm gestanden hatte.

Neben den Ärzten war Korbinian Krug eine dieser hilfreichen Seelen an seiner Seite. Der Landwirt aus Zirl hatte nicht nur die kleine dreibeinige Katze bei sich aufgenommen, sondern hatte es darüber hinaus zuwege gebracht, dass Mark nach der Zeit in Hall bei ihm auf dem Bauernhof ein neues Zuhause bekommen würde. Bis Korbinian Krug das geschafft hatte, war eine Unmenge an Bürokratie zu bewältigen. Neben unzähligen Gesprächen mit Sozialarbeiterinnen und Sozialarbeitern gab es zudem Hausbesuche. Hier drehte es sich hauptsächlich um das neue Umfeld und die zukünftige Wohnsituation für den Jungen.

Doch er hatte nicht lockergelassen. Um den Ernst seiner Absicht zum Ausdruck zu bringen, hatte er sogar einen eigenen Vorbereitungskurs für die Adoptivwerbung bei der Caritas in Innsbruck besucht. Korbinian Krug hatte all das über sich ergehen lassen, um dem Jungen eine neue Chance zu geben. Die Mühe hatte sich gelohnt.

Mark hatte dieses Engagement zusätzlich Kraft gegeben. Der Landwirt aus Zirl, der mit seinen markigen Sprüchen und seinem Auftreten etwas rüde rüberkam, bei näherer Betrachtung aber einen weichen und herzensguten Kern verbarg, hatte ihm neue Zuversicht und vor allem Vertrauen gegeben. Tränen der Rührung standen in seinen Augen, wenn er an den Mann dachte. Nach fast zweieinhalb Jahren hatte er zum ersten Mal wieder ein richtiges Zuhause.

Endlich war es soweit. Mark hörte schon von weitem die Stimme des Landwirts. »Habe die Ehre mit'nand. I war iatzt da, den Buabm holen. Mir ham's aber a bissl eilig, weil des Taxi steaht vor der Tür und der Taxameter lafft. Nit dass i am End no brenn, wia a Kronleuchter«, tönte es durch das Haus.

Die Entlassung von Mark verlief völlig problemlos. Eine Viertelstunde später fuhren sie mit ihrem Taxi auf die Inntalautobahn auf. Korbinian Krug warf einen Blick auf die Uhr am Armaturenbrett. »Moaschter, wenn di a bissl g'schleinsch, nacha sein mir in a halben Stund in Zirl«, forderte er den Taxilenker auf, schneller zu fahren.

»Kein Problem, Scheffe. I druggen Gas wie Niggi Lauda, dann samma sogar no friher in Zirel wie mit Rennauto. Du segen, wir düsen ab wie Rakete«, entgegnete der Taxifahrer.

»So g'fallt's mir, aber so g'schwindt wia a Raketn muasch nit fahr'n. Sonscht verglüh'n mir am End no. Es roacht völlig, wenn'd d'raud'rucksch wie damals der Ayrton Senna, weil der hat mi echt fasziniert. Neben seiner Rennfahrerei hat der sogar a Stiftung für Straßenkinder in Brasilien ins Leben g'ruafn. So eppes g'fallt mir. Ewig schad, dass der Bursch 1994 beim Rennen in Imola verunglückt isch. Aber wenn mir's schaffen, dass mir in a halben Stund da'hoamm sein, kriag'sch a g'scheid's Trinkgeld von mir«, sagte Korbinian Krug, dann lehnte er sich zufrieden im Sitz zurück und schloss die Augen.

Knapp fünfundzwanzig Minuten später, trafen sie auf dem kleinen Hof des Landwirts, mitten in Zirl ein. Dort wurden die beiden schon sehnsüchtig erwartet. Schwanzwedelnd lief ihnen Gertrud entgegen. Max hingegen lag vor der Haustür und beäugte die Neuankömmlinge erst einmal neugierig.

Korbinian Krug entlohnte den Taxifahrer wie versprochen mit einem fürstlichen Trinkgeld. Nachdem sie aus dem Taxi gestiegen waren, hüpfte die Hündin aufgeregt an den beiden hoch. Jetzt kam auch Max langsam näher. Laut schnurrend strich der dreibeinige Kater, inzwischen hatte der Landwirt längst herausgefunden, dass es ein Männchen war, um die belgische Schäferhündin herum.

»Da schaug'sch, ha? Die zwoa sein seit Anfang an a Herz und a Seele. Wia wenn's die Gertrud g'schpiarat, dass ma af des dreiboanige Mandl b'sunders ob'acht geb'm muass. Dabei woas der sich selber guat zun Helf'n«, grinste der Landwirt.

Lächelnd sah er zu, wie Mark den Kater, der inzwischen eine stattliche Größe erreicht hatte, in die Arme schloss.

»Danke, mein Kleiner, dass du damals so einen Wirbel geschlagen hast. Ohne dich hätte mich Korbinian nie gefunden. Dann wäre ich echt auf dem Tiger geritten«, sagte Mark, dabei drückte er den Kater fest an sich.

Jetzt war der Landwirt tief gerührt. Sonst für seine markigen Sprüche bekannt, hatte er urplötzlich feuchte Augen.

»Schaug nit a so. Mir isch g'rad a Schtaubkoarn ins Aug eini'kemmen. Fixsacklzement, no amol, a so a bleder Wind. Kannt der nit woandersch umanand'wahn?«, versuchte er sich aus der Situation herauszureden.

»Lass, Korbinian. Ich bin ja selbst zutiefst gerührt, wieder eine Familie zu haben. Danke für alles«, sagte Mark und umarmte den Landwirt, dabei vergaß er, dass er Max im Arm hatte.

»Zefix, lass sofort die Katz aus. Der Max hat mi g'rad teiflisch in Arm einik'rallt. A so a damischer Tuifl. I laff schnell ins Haus und hol mir a Pflaschterle, vor sich des am End ent'zündet«, rief Korbinian Krug und rieb sich mit schmerzverzerrtem Gesicht seine rechte Hand.

Eilig verschwand der Landwirt, gefolgt von Gertrud, im Haus. In der Zwischenzeit blieb draußen auf der Straße ein schwarzer Mercedes stehen. Der Lenker ließ die verdunkelte Seitenscheibe hinunter und hielt ein Smartphone hinaus. Die ganze Aktion dauerte nicht einmal eine Minute. Unbemerkt von Mark fuhr das Fenster wieder nach oben und der schwarze Mercedes brauste mit durchdrehenden Rädern davon.

Bevor der Junge auf das quietschende Geräusch der Reifen reagierte, war der Wagen schon wieder verschwunden.

»Sieh nach, ob er dir bekannt vorkommt«, sagte der Albino und drückte seinem Komplizen das Smartphone in die Hand.

Der öffnete das Handy und rief das soeben gemachte Foto auf. »Kein Zweifel. Das ist der Junkie, den ich zusammen mit der dreibeinigen Katze bei der Telefonzelle am Bahnhof gesehen habe. Bloß, dass er jetzt deutlich besser aussieht als damals«, sagte er verwundert, dabei sah er seinen Komplizen fragend an.

»Von mir aus sieht der verdammte Fixer aus, wie Justin Bieber. Hauptsache, wir schnappen uns den Burschen und sorgen dafür, dass er nichts von dem ausplaudert, was er gehört oder gesehen hat. So wie es aussieht, wohnt er jetzt auf dem Bauernhof bei diesem Sonderling. Wir beschatten ihn die nächsten Tage und warten einen günstigen Zeitpunkt ab, an dem wir ihn uns vorknöpfen«, antwortete Sven, dann konzentrierte sich der Albino wieder auf die Straße.

In der Zwischenzeit hatte Korbinian Krug dem Jungen sein neues Zuhause gezeigt. Mark war begeistert. »Wie geil ist das? Ein eigenes Zimmer und das für mich alleine«, schwärmte er.

»Ja, freilich. Was glab'sch denn? Mir ham ja gnuag Platz da in der Hütt'n. Es kann't halt sein, dass der Max und die Gertrud in der Nacht läschtig sein. Die boad'n sein völlig auf'drahnt wegen dir. Da kannt's leicht sein, dass sie bei dir schlafen mecht'n. Wenn sie nit brav sein, jag'sch die Viecher oanfach aus'm Zimmer, dass'd an Friedn hasch. Apropos Ruah. I lass di iatzt alloan, damit a bissl in dein neuen dahoam an'kemmen kunsch«, sagte Korbinian Krug.

Mark schüttelte lachend den Kopf. »Ich bin erst eine halbe Stunde hier und fühle mich schon, wie Zuhause. Ich habe so eine Freude. Endlich ein richtiges Daheim. Danke für alles«, sagte er und fiel dem Landwirt glücklich um den Hals.

»Aber vergiss bitts'chian nit, dass mir zwoa heut no an Termin bei der Polizei hab'm. Die sein bei dem Toten, der in die Brennnesseln g'legen isch, no nit weiter'kemmen. Auf'm Posten sein sie schun voll aus'm Heisl, weil du a Aussage über des mach'sch was du g'heart und g'segn hasch. I glab, da tuat's an Rumpler, wenn die im Radio und in der Zeitung den Namen von dem Gangster bringen. Die Buz ham mir hoch und heilig versprochen, dass du dabei nit g'nennt wearsch. Du kunnsch di aber immer no anders entscheiden«, sagte der Landwirt zu dem Jungen.

»Nein, Korbinian, sicher nicht. Ich habe dich ja darum gebeten, dass du den Termin bei der Polizei ausmachst. Dieser Sven, der aussieht, wie ein Albino hat den Mann kaltblütig abgeknallt. Das war eine Hinrichtung. Das darf doch nicht so stehen bleiben. Aber vorher gehe ich eine Runde laufen, damit ich dann bei meiner Aussage einen kühlen Kopf bewahre«, sagte er.

Kurz darauf hatte sich Mark sein Laufdress übergestreift. Korbinian Krug hatte es für ihn besorgt, bevor er den Jungen in Hall abgeholt hatte. In der Zeit auf der Spezialstation für Kinder- und Jugendpsychiatrie hatte er diese neue Leidenschaft für sich entdeckt. Waren es am Anfang ein, höchstens zweihundert Meter, die er unter größtem Kraftaufwand geschafft hatte, waren es inzwischen locker ein paar Kilometer, die er in einem Stück abspulte.

Das Ergebnis war deutlich sichtbar. Selbst wenn der Junge die Figur eines Zahnstochers hatte, zeichneten sich erste Muskeln ab, die sein ausgemergelter Körper durch das Training gebildet hatte.

Sein Selbstbewusstsein war dadurch enorm gestiegen. Außerdem klopfte die Erinnerung an seine Drogenvergangenheit jetzt immer seltener bei ihm an. Trotzdem hatte er sich geschworen, nie zu vergessen, welch große Macht dieses Teufelszeug einmal über seinen Körper hatte. Vor allem, was damit in Zusammenhang stand. In seinem neuen Leben hatte das keinen Platz mehr. Das war endgültig vorbei.

Der Auftrag

Am nächsten Tag wurde der Albino früh am Morgen vom Vibrieren seines Smartphones geweckt, das er neben dem Bett auf dem Boden liegen hatte. Der Gangster fuhr erschrocken in die Höhe, dabei griff er gleichzeitig nach dem Mobiltelefon. Verschlafen ließ er seinen Blick durch das Schlafzimmer der großzügigen Dachgeschosswohnung schweifen. Durch das große Panoramafenster sah er den Mond am Himmel stehen. Wie ein heller Lampion leuchtete der Erdtrabant in den Raum. Doch dafür hatte der Gangster heute keinen Blick. Hastig sah er auf das

Display. Im nächsten Augenblick war er hellwach. Sein Chef rief an. Der Instinkt des Mannes sagte ihm, dass etwas Ärgeres in der Luft lag.

»Mist, was hat das, um diese Zeit zu bedeuten?«, fuhr es ihm durch den Kopf, als er den Anruf entgegennahm. »Ja, Boss«, meldete er sich.

Der Albino nahm fast eine militärische Haltung an. Am anderen Ende erklang die Stimme seines Chefs. Abrupt fuhr er in die Höhe. Binnen Bruchteilen einer Sekunde wich ihm jegliche Farbe aus dem Gesicht. Der Gangster war bleich wie ein frischgewaschenes Leintuch.

»Wie, mein Name steht heute in der Zeitung?«, er atmete hektisch, »Ich schwöre dir, dass außer uns niemand dort war. Carlo wird das bezeugen. Er war damals im Juni mit dabei«, stammelte er, doch er wurde jäh von seinem Chef unterbrochen.

»Was heißt, ich gefährde die ganze Aktion? Der Arsch hat mit seinen Fuhren ein Monat lang in die eigene Tasche gewirtschaftet. Er hat die Kohle von den Flüchtlingen, die wir hier in Tirol übernommen und dann bis hinter die deutsche Grenze durchgeschleust haben, unterschlagen. Das war eine glatte Million, die er sich unter den Nagel gerissen hat. Du hast mir doch selbst den Auftrag gegeben, dass ich ihn umniete«, stotterte der Albino, nachdem er wieder zu Wort gekommen war.

Er hätte gerne mehr darauf gesagt, aber er kam nicht dazu. Sein Boss hatte das Gespräch beendet und die Verbindung unterbrochen.

»Klar bringe ich das in Ordnung. Und wie ich das werde. Das wird dieser verdammte Junkie büßen. Den Bullen meinen Namen nennen. Dann war er damals doch nicht so zu gedröhnt. Dafür lege ich diese kleine Ratte um. Ich lasse mir nicht das Geschäft des Lebens vermiesen. Mit den Flüchtlingen ist die Megakohle zu verdienen«, entfuhr es ihm.

Er warf das Smartphone auf das Bett und griff nach der Pistole, die neben ihm auf dem Nachttisch lag.

Wütend entriegelte er das Magazin der Waffe, um es gleich darauf wieder in der Verankerung einrasten zu lassen. Das wiederholte er fast im Sekundentakt.

Dann fuhr der Albino in die Höhe. Der Mann packte die Pistole und schmetterte sie mit voller Wucht gegen die Wand, dass der Verputz in großen Brocken von der Mauer auf den Boden rieselte. Er griff wieder nach dem Smartphone und wählte die Nummer seines Komplizen. Verschlafen meldete sich dieser.

»Komm sofort her, es gibt eine Planänderung«, dem anderen schien dieser Befehl nicht zu gefallen, »du verdammter Idiot, was heißt, du hast dir gestern einen in deine dämliche Birne geknallt? Du bist in zehn Minuten hier«, bellte der Albino in das Telefon, bevor er die Verbindung trennte.

Der Gangster stampfte wütend mit dem Fuß auf den Boden, dann rief er sich auf dem Smartphone die Onlineausgabe der aktuellen Tageszeitung auf. Hastig suchte er nach dem Zeitungsartikel, von dem sein Boss gesprochen hatte.

»Du kleine Drecksau, das war nicht umsonst! Das wirst du büßen, du Ratte, das schwöre ich«, fluchte er, nachdem er den Beitrag gelesen hatte.

Nach einer Viertelstunde tauchte endlich der Komplize des Gangsters in seiner Wohnung auf.

»Da bist du ja! Das hat aber gedauert«, begrüßte ihn der Albino, nachdem er ihm die Tür geöffnet hatte.

»Was gibt es denn so Dringendes, dass du mich mitten in der Nacht aus dem Bett holst?«, fragte Carlo, dabei bemühte er sich, das Gleichgewicht zu halten.

Dem Lallen nach hatte er einiges an Restalkohol in seinem Körper. Schwankend steuerte er den Getränkekühlschrank in der Wohnküche an, um sich eine Flasche Bier herauszunehmen. Jetzt riss dem Albino endgültig der Geduldsfaden.

Der Gangster schoss wie eine Viper herum. »Haben sie dir letzte Nacht in dein dämliches Gehirn geschissen oder bist du jetzt völlig übergeschnappt? Ich habe das Syndikat am Hals, und du denkst ans Saufen«, brüllte er seinen Komplizen an.

»Ich verstehe bloß Bahnhof. Wie meinst du das?«, fragte Carlo.

»Das erkläre ich dir gerne, du Idiot. Der kleine Junkie hat damals alles mitbekommen. Er hat gehört, wie dieses Arschloch nicht nur meinen Namen genannt hat, sondern sogar beobachtet, wie ich ihn abgeknallt habe. Steht alles detailgetreu in der heutigen Ausgabe der Tageszeitung. Der Boss ist ausgeflippt, als er gelesen hat, dass ein Zusammenhang mit der Schleppermafia nicht ausgeschlossen wird. Das Beste kommt erst. Rate, auf wen die Täterbeschreibung passt?«, fuhr der Albino seinen Komplizen an.

»Wie, ich verstehe nicht. Auf wen denn?«, fragte der.

»Na, auf einen Affen! Oder was glaubst du?«, brüllte ihn der Andere wütend an.

»Aber wieso schreiben die in der Zeitung davon? Das stimmt doch gar nicht, da war ja gar kein Affe dort«, entgegnete sein Komplize und sah ihn dabei fragend an.

»Ich glaube es nicht. Du hast echt nur Stroh in deiner dämlichen Birne. Bist du so bescheuert oder stellst du dich nur so? Das mit dem Affen war doch bloß symbolisch gemeint. Die Beschreibung, die der Junkie abgegeben hat, passt haargenau auf mich«, herrschte ihn der Albino an.

Sein Komplize checkte es nicht. »Aber wie ist das möglich, Sven. Da war doch weit und breit kein Mensch zu sehen«, stotterte er.

Der Albino schüttelte den Kopf. »Bloß, weil wir nichts bemerkt haben, heißt das nicht, dass niemand dort war. Woher haben die Bullen sonst die ganzen Informationen her, die heute in der Zeitung stehen? Das passt alles haargenau. Jemand hat uns beobachtet. Da bleibt nur dieser verdammte Junkie über«, fluchte der Gangster.

Sein Komplize wich einen Schritt zurück und hob dabei beschwichtigend die Hände. »Aber was geschieht jetzt?«, fragte er.

Der Albino öffnete die Tür, durch die man auf die weitläufige Dachterrasse der Wohnung gelangte. Von hier hatte man bei Tageslicht einen sagenhaften Blick über Telfs und die südlich der Marktgemeinde gelegenen Berge wie das Sonnkarköpfl, den Schafmarebenkogel oder den Hocheder. Deren Umrisse zeichneten sich in der aufziehenden Morgendämmerung ab, doch das ignorierte der Gangster an diesem Tag. Nachdenklich sah er hinunter auf die Straße, wo langsam der Frühverkehr einsetzte. Dann drehte er sich um und hob die Pistole vom Boden auf, die dort lag, seit er sie an die Wand geworfen hatte.

»Wir haben keine Wahl. Zuerst wird der neue Transport erledigt. Fünfzig Flüchtlinge in einem geschlossenen und umgebauten Kühl-LKW. Das bringt einen ganzen Haufen Kohle für uns. Die größte Fuhre bisher. Das übersteigt alles Bisherige mit den Kleintransportern«, der Albino sah den anderen entschlossen an, »Carlo, wenn wir diese Geschichte erfolgreich über die Bühne bringen, gehören wir zu den großen Playern in diesem Geschäft. Diese verzweifelten Menschen geben alles, damit sie in ihr gelobtes Deutschland kommen«, grinste er.

Sein Komplize sah ihn mit großen Augen an. »Ein LKW? Ist das echt notwendig? Die Bullen kontrollieren seit dem Vorfall in Parndorf auf beiden Grenzen wie verrückt. Die Bilder der 71 Leichen, die letzten August in einem abgestellten Kühl-LKW auf der Ostautobahn gefunden wurden, gingen um die ganze Welt«, gab er zu bedenken.

Der Albino schüttelte den Kopf. »Der Boss baut auf uns. Da nehmen wir auf so etwas keine Rücksicht. Der Bauer fährt das Heu ein, solange das Wetter passt. Mit den Flüchtlingen ist eine Menge Kohle zu holen, und wir naschen fleißig an diesem Kuchen mit. Du lenkst den LKW, und ich fahre mit dem Mercedes hinter dir her. Falls du eine Kontrolle siehst, lässt du den Laster stehen und steigst zu mir um«, der Gangster sah seinen Komplizen an, ob der alles verstanden hatte, »du übernimmst den Truck an der Raststätte bei Inzing. Die Route verläuft von dort über Telfs, Mösern, Seefeld, der deutschen Grenze bei Scharnitz, bis kurz vor Mittenwald. Der LKW ist plombiert, der Aufbau bleibt deshalb geschlossen, egal was passiert. Laut Frachtpapiere haben wir rund vier Tonnen feinstes Wildbret für eine Metzgerei in Garmisch geladen. Soweit werden wir aber nicht fahren. In dem Waldstück kurz nach der Grenze lassen wir unsere heiße Fracht dann laufen. Wenn das erledigt ist, knüpfen wir uns die kleine Kröte vor«, sagte er und deutete auf die Pistole in seiner Hand, »und du hilfst mir dabei«, grinste er seinen Komplizen an.

Der wich erschrocken zurück, bis mit seinem Rücken an die Wand stieß.

»Aber warum ich, Sven? Von mir steht doch gar nichts in der Zeitung«, stammelte Carlo.

Die Gesichtszüge des Albinos versteinerten sich. Wütend sah er seinen Komplizen an.

»Du warst damals im Juni genauso mit dabei, wie ich. Deshalb trifft dich eine Mitschuld. Halte dein dämliches Maul und befolge die Anweisungen! Außerdem hat es der Boss so beschlossen. Und jetzt erledigen wir unseren Auftrag«, fuhr er seinen Komplizen an.

Der hob beschwichtigend die Hände. »Ja, ja, in Ordnung. Ich bin dabei. Du kannst dich auf mich verlassen«, sagte er nach einigem Zögern.

Die Fahrt verlief dann doch nicht so reibungslos, wie sie sich der Albino vorgestellt hatte. Die Polizei hatte einen anonymen Hinweis erhalten, dass mit illegalen Grenzübertritten zu rechnen ist. Gleich nach dem Porta Claudia Tunnel der Umfahrung Scharnitz, hatte die deutsche Grenzpolizei eine Straßensperre errichtet. Carlo hatte sie im letzten Augenblick bemerkt. Der Schlepper reagierte blitzschnell und sprang aus dem fahrenden Fahrzeug. Die 50 Flüchtlinge an Bord des LKW überließ er ihrem Schicksal. Das Schwerfahrzeug durchbrach führerlos die Polizeisperre und kippte dann an der Straßenböschung auf die Seite.

»Verdammte Scheiße, das war knapp. Da hat jemand den Bullen einen Tipp gegeben. Woher hätten die sonst davon Wind bekommen, dass wir heute über die Grenze fahren«, keuchte Carlo völlig außer Atem, nachdem er in den Mercedes gestiegen war.

Der Albino hatte sofort reagiert und den Wagen im Tunnel gewendet. Das Hupen und die aufgeblendeten Lichter der entgegenkommenden Fahrzeuge ignorierte er. Er wartete nicht einmal ab, bis sein Komplize im Auto saß. Carlos rechtes Bein war draußen, da drückte der Albino schon aufs Gas.

»Mist, in letzter Zeit läuft alles schief. Ich gebe gleich dem Boss Bescheid, dass die Aktion fast in die Hose gegangen wäre«, fluchte der Gangster.

Nachdem er mit seinem Chef gesprochen hatte, jagte er den Mercedes mit weit überhöhter Geschwindigkeit über die Bundesstraße in Richtung Seefeld. Der Albino wirkte angespannt. Kurz nach Dirschenbach verriss er auf einmal abrupt das Steuer und bog auf die Straße in die Leutasch ab.

»Der Boss hat uns sofort zu sich befohlen. Viel Glück, jetzt hast du zum ersten Mal persönlich das Vergnügen. So eine verdammte Scheiße!«, der Gangster schlug mit der Hand gegen das Lenkrad, »den Zirler Berg sparen wir uns lieber. Da warten gewiss schon irgendwo die Bullen. Die hintere Route über Mösern ist sicherer. Von Telfs fahren wir in Richtung Süden, bis zur Salzstraße und dort weiter die Dörfer entlang, nach Innsbruck«, zischte der Albino.

Knapp zwanzig Minuten später, rasten sie am Ortsschild von Oberhofen im Inntal vorbei, da trat der Gangster auf einmal auf die Bremse.

»Das ist jetzt aber nicht wahr!«, entfuhr es ihm, dabei versuchte er, den Wagen in der Spur zu halten.

Sein Komplize war auf dieses Manöver nicht gefasst. »Hey, spinnst du? Pass doch auf! Ich wäre fast mit dem Kopf gegen die Windschutzscheibe geknallt«, beschwerte sich Carlo, dabei stützte er sich mit beiden Armen am Armaturenbrett ab.

Der Albino beachtete seinen Komplizen gar nicht, sondern sah nur konzentriert in den Rückspiegel.

Inzwischen hatte er den Retourgang des Wagens eingelegt. Ohne auf den nachkommenden Verkehr zu achten, setzte er auf der Bundesstraße zurück. Sekunden später lenkte er den Mercedes auf den Parkplatz eines Lebensmittelmarktes. Direkt vor dem Eingang bremste er scharf ab und sprang aus dem Wagen.

Sein Komplize hatte keine Ahnung, was auf einmal los war. »Verdammt, erkläre mir endlich, was los ist! Der Boss wartet auf uns«, rief Carlo, nachdem er ebenfalls aus dem Auto gestiegen war.

Der Albino drehte sich kurz zu ihm um. »Das wirst du sofort sehen«, zischte er und verschwand im Geschäft.

Sein Komplize folgte ihm. »Spinne ich! Das ist doch dieser kleine Junkie. Aber, ist der nicht in Zirl?«, entfuhr es diesem.

»Davon bin ich bisher auch ausgegangen. Ich habe ihn vorhin im letzten Moment aus den Augenwinkeln gesehen«, antwortete der Albino.

Der Angesprochene sah ihn mit großen Augen an. »Aber der Chef wartet doch schon auf uns. Was sollen wir jetzt tun?«, fragte er.

Der Albino überlegte kurz. »Dein erstes Kennenlernen mit dem Boss ist damit verschoben. Du checkst den Jungen ab und ich fahre zum Chef und hole mir den Rüffel wegen dem schiefgegangenen Transport ab. Wir brauchen einen Überblick über jeden Schritt, den dieser kleine Junkie macht«, antwortete dieser, bevor er das Geschäft wieder verließ.

Eine knappe halbe Stunde später fuhr der Albino durch das Einfahrtstor, das zu einer großzügig angelegten Villa im Innsbrucker Stadtteil Hötting führte. Er steuerte den Wagen über die mit weißen Kieseln ausgelegte Einfahrt, bis direkt vor den Eingang. Ein kahlköpfiger Mann mit einem Knopf im Ohr trat aus dem Schatten des pompösen Portals einen Schritt nach vorne und wies dem Besucher an, den Wagen anzuhalten und den Motor abzustellen.

Unter dem maßgeschneiderten Designeranzug zeichneten sich deutlich die trainierten Muskeln des Mannes ab. Eine Beule unterhalb des linken Armes wies darauf hin, dass er in einem Schulterhalfter eine Waffe trug.

Langsam stieg der Albino aus dem Wagen. Er drehte sich um und legte die Hände auf das Dach des Autos. Dabei spreizte er seine Beine.

Der Kahlköpfige tastete den Besucher sorgfältig nach versteckten Waffen ab. »Alles klar, du bist sauber. Der Boss erwartet dich«, sagte er und deutete mit der Hand zur Tür.

Der Albino nickte kurz, dann näherte er sich langsam der Tür. Der weiße Kiesel knirschte unter seinen Schritten, aber er achtete nicht darauf. Im Moment plagten den Mann andere Sorgen. Er kannte seinen Chef, der wurde rasch ungemütlich, wenn etwas schieflief. Der Gangster war einen Meter vom Eingang entfernt, da öffnete sich die schwere Metalltür wie von Geisterhand. Ein Mann im enganliegenden schwarzen Anzug und mit weißen Handschuhen musterte den Albino von oben bis unten. Dabei verzog er keine Miene.

»Bitte, der Herr. Folgen Sie mir in den Salon«, sagte er, ohne abzuwarten, wie sein Gast darauf reagierte.

Der Albino folgte dem Mann, dabei sah er sich immer wieder nach allen Seiten um. Er war zum ersten Mal hier im Haus. Dass sein Boss sogar einen eigenen Butler hatte, verstärkte seine Unsicherheit um ein Vielfaches.

»Ich bitte Sie, kurz Platz zu nehmen. Der Patron wird sie gleich empfangen«, sagte der Butler und deutete auf eine dunkelbraune Sitzgarnitur aus Leder, in der Mitte des Salons.

Nachdem der Angestellte den Raum verlassen hatte, ließ sich der Albino langsam in einen Lederfauteuil gleiten. Nervös trommelte er mit den Fingern auf die Armlehne. Zuerst geschah überhaupt nichts. Doch dann wurden die Jalousien vor den Fenstern automatisch heruntergelassen. Der Gangster fuhr kurz erschrocken zusammen. Es vergingen zähe Minuten, in denen er in völliger Dunkelheit saß. Dann strich ein Luftzug durch den Raum und ließ ihn leicht frösteln.

»Wo bin ich hier bloß hineingeraten? Das ist wie in einem zweitklassigen Ganovenfilm«, fuhr ihm durch den Kopf.

Er hatte seinen Boss bisher nie persönlich zu Gesicht bekommen, sondern nur über das Telefon die Anweisungen entgegengenommen. Der Albino war deshalb davon ausgegangen, dass sich das heute ändern würde. Jetzt war er sich dessen nicht mehr sicher. Ihm stockte kurz der Atem. Er hörte, wie eine Tür leise ins Schloss fiel. Gleich darauf waren Schritte zu hören. Es war außer ihm mindestens eine weitere Person im

Raum. Aus heiterem Himmel strahlte ihn ein greller Scheinwerfer mitten in das Gesicht. Geblendet hielt der Albino schützend eine Hand vor die Augen.

»Wie ich höre, ist heute einiges schiefgelaufen. Das war das letzte Mal, dass du und dein komischer Gehilfe so eine Scheiße abliefert. Mit den Flüchtlingen ist eine Menge Kohle zu holen. Dieser stümperhafte Job, den ihr beide heute abgeliefert habt, gefährdet das alles«, hörte er die Stimme seines Chefs in der Dunkelheit.

»Aber Boss! Da hat uns jemand verpfiffen«, versuchte er sich zu rechtfertigen.

Doch sein Chef schnitt ihm das Wort ab. »Schluss mit dem Gewäsch! Das spielt alles keine Rolle. Dafür gibt es eine vorausschauende Planung. Was ist eigentlich mit dem Junkie? Du hast versprochen, die Sache längst in Ordnung zu bringen. Ich und die anderen Bosse des Syndikats haben kein Interesse, Personenbeschreibungen und Namen von Leuten, die für unsere Organisation arbeiten, in der Zeitung zu lesen. Erledige das, aber schnell«, fuhr er ihn in einem Befehlston an, der dem Albino kalte Schauer über den Rücken jagte.

»Da bin ich dran. Der Kleine wird bald nie mehr in seinem Leben etwas ausplaudern. Ich denke, dass die Sache in ein paar Tagen aus der Welt ist«, sagte er.

Wenige Minuten später saß der Gangster wieder in seinem Wagen. Mittlerweile hatte es angefangen zu schneien. Doch das berührte den Mann nicht. Er war einfach nur froh, diesen Termin halbwegs schadlos überstanden zu haben. Bald war er in Gedanken beim nächsten Auftrag, den er zu erledigen hatte. Der Boss hatte klar zum Ausdruck gebracht, was mit dem Jungen zu geschehen hatte. Vom Wagen aus rief er seinen Komplizen an und erkundigte sich nach dem neuesten Stand.

Der Journalist

»Wo bist du?«, der Albino zögerte kurz, »mach jetzt bloß keinen Scheiß, der Boss ist stinksauer wegen des Transports über die Grenze. Er verlangt, dass wir den Jungen zum Schweigen bringen« sagte er.

»Ich bin dem Junkie dicht auf den Fersen, Sven. Er hat gerade zusammen mit einem Mädchen den Supermarkt verlassen. Ich melde mich bei dir«, flüsterte Carlo.

Der Albino raste indes mit überhöhter Geschwindigkeit in Richtung Westen. Das alleine forderte seine gesamte Konzentration, es herrschte dichtes Schneetreiben. Die Straße war salznass. Doch er hatte keine andere Wahl. An den Autobahnauf- und abfahrten waren überall Polizeikontrollen eingerichtet. Der Gangster war sich sicher, dass das mit ihnen im Zusammenhang stand. Deshalb wich er sicherheitshalber auf die Route über die Völser Landesstraße aus, die zwischen Völs und Kematen parallel zur Eisenbahnlinie verlief. Die Gedanken überschlugen sich in seinem Kopf. Wenn ihnen mit dem Junkie auch nur der geringste Fehler unterlief, waren sie geliefert. Da war mit dem Boss nicht zu spaßen. Vor ihm tauchte auf einmal wie aus dem Nichts ein übergroßer Traktor mit Anhänger auf. Der Gangster betätigte den Blinker und setzte zum Überholen an. Fast hätte er dabei den schwarzen Audi übersehen. Mit hell aufgeblendeten Scheinwerfern kam ihm das Auto entgegen. In letzter Sekunde gelang es dem Albino, sich wieder auf seiner Fahrspur einzuordnen.

»Mist, ich konzentriere mich jetzt doch besser auf die Straße, bevor es kracht«, fluchte er lauthals vor sich hin.

Trotzdem wählte er am Display die letzte Nummer, die er angerufen hatte. Nach allem, was geschehen war, traute er Carlo nicht mehr zu, das alleine über die Bühne zu bringen.

»Wie sieht es aus? Hast du den verdammten Junkie noch im Auge?«, fragte er ungeduldig.

Seinem Komplizen wurde diese ständige Nachfragerei langsam zu viel.

»Was ist los, traust du mir nicht? Klar bin ich an ihnen dran. Die beiden sind vor ein paar Minuten in einem Haus verschwunden. Ich stehe hinter einer Hecke und friere mir im Gegensatz zu dir den Arsch ab. Trotzdem lasse ich den Eingang nicht aus den Augen«, der Mann atmete tief durch, »außerdem ist es nicht unsere Schuld, wenn die Bullen einen Tipp bekommen, den LKW zu kontrollieren«, versuchte Carlo das Geschehene zu verteidigen.

»Das klären wir später. Behalte lieber das Haus im Auge, dass die beiden nicht unbemerkt verschwinden. Ich bin gleich bei dir«, sagte der Albino, bevor er die Verbindung unterbrach.

Knapp zehn Minuten später traf der Gangster bei seinem Komplizen in Oberhofen ein. Carlo hatte ihm per Telefon die Straße und die Hausnummer durchgegeben. Das Navi hatte ihn punktgenau hingeführt. Der Albino sah sich kurz um. Es war eine gepflegte Gegend mit fast ausnahmslos Einfamilienhäusern. Er stellte den Mercedes in einer Parkbucht ab, wo er freie Sicht auf die Eingangstür hatte. Das Haus, in dem der Junkie und das Mädchen verschwunden waren, stand in Sichtweite des Supermarktes. Das Obergeschoss war mit einer braunen Holzfassade versehen. Der Garten mit den liebevoll angelegten Blumenbeeten und den Sträuchern deutete darauf hin, dass hier jemand mit einem Grünen Daumen sehr viel Zeit investierte. Er wurde jäh aus seinen Gedanken gerissen, als sein Komplize die Beifahrertür öffnete.

»So ein verdammter Scheiß ist das kalt. Dazu dieser Schnee, der hat mir noch gefehlt. Ich bin von Kopf bis Fuß nass. Hoffentlich kriege ich davon keine Lungenentzündung«, er deutete zum Eingang», sie sind bis jetzt nicht wieder herausgekommen«, sagte Carlo, nachdem er sich auf den Beifahrersitz der schwarzen Limousine gewuchtet hatte.

Der Albino sah ihn missbilligend an. »Versau mir bloß nicht die Inneneinrichtung. Die war teuer«, er sah hinüber zum Haus, »dann warten wir erst einmal in Ruhe ab. Wenn die kleine Kröte kommt, steigst du aus, schnappst dir den Junkie und zerrst ihn in den Wagen. Sobald das erledigt ist, verschwinden wir mit ihm sofort von der Bildfläche«, sagte er.

»Mann, Alter. Kidnapping am helllichten Tag. Du weißt aber schon, was das bedeutet«, antwortete Carlo und sah den Anderen dabei besorgt an.

Der Albino trommelte nervös mit den Fingern auf das Lenkrad. Sein Blick war wieder auf den Eingang des Einfamilienhauses fixiert.

»Wir haben keine andere Wahl, oder hast du einen besseren Vorschlag? Der Boss hat klar den Auftrag gegeben, dass wir die Angelegenheit so rasch wie möglich erledigen sollten. Du weißt, dass er das nicht zum Spaß gesagt hat«, antwortete er.

Nach einer Weile sah er seinen Komplizen an. »Ist das der einzige Weg, in das Haus zu kommen, oder gibt es einen zweiten Ausgang? Hast du das gecheckt?«, fragte er.

Carlo schüttelte den Kopf. »Nein, du hast mir doch vorhin selbst den Auftrag gegeben, das Haus im Auge zu behalten. Deshalb habe ich mich hier nicht von der Stelle gerührt«, antwortete er.

Der Albino schlug wütend mit der Hand gegen das Lenkrad. »Verdammter Mist! Was ist, wenn die Beiden durch einen Hinterausgang verschwunden sind?«, fuhr er seinen Komplizen an, dabei öffnete er gleichzeitig die Autotür, »bleib hier. Ich kläre das rasch ab«, sagte er.

Carlo wartete ab, bis der Albino außer Hörweite war. »Blödes Arschloch, dann mach dir deinen Scheiß doch in Zukunft selbst«, ärgerte er sich.

Mick und Mirjam bekamen indes nichts von all dem mit, was sich draußen vor dem Haus abspielte. Die beiden Teenager hatten sich daheim zum Lernen verabredet. Mathe stand auf dem Programm, vor allem lineare Gleichungssysteme. Neben den linearen Funktionen und den Zinsen und Zinssatz Rechnungen war das eines der Hauptthemen für die zweite Schularbeit in diesem Semester. Mirjam war hier top drauf. Mick hingegen hinkte hier ein wenig hinterher. Doch ihm war klar, dass diese Note für das Semesterzeugnis zählte.

Die beiden waren so vertieft, dass sie von den Vorgängen draußen nichts bemerkten. Kurz vor sechs Uhr am Abend kamen Micks Eltern gemeinsam nach Hause. Die Kids hatten ihre Übung erst vor ein paar Minuten beendet.

»Na, ihr zwei Streber, wie läuft's mit Lernen?«, fragte sein Vater.

»Alles roger, Papa. Dank Mirjam bin ich jetzt fit für die Schularbeit«, antwortete der Junge.

Sein Vater nickte zufrieden. »Das hört man gerne«, er sah das Mädchen an, »danke Mirjam, dass du dir die Zeit nimmst«, sagte er, bevor er die beiden nachdenklich ansah, »gegenüber vom Haus steht ein schwarzer Mercedes in der Parkbucht. Habt ihr eine Ahnung, wem das Auto gehört? Die Seitenscheiben sind zwar abgedunkelt, aber wie es aussieht, sitzen zwei Männer in dem Wagen«, sagte er.

Mick schüttelte den Kopf. »Keine Ahnung. Als wir am Nachmittag nach Hause gekommen sind, habe ich nichts bemerkt«, er sah das Mädchen an, »du etwa?«, fragte er.

»Nein, aber ehrlich gesagt, habe ich auch gar nicht darauf geachtet«, schüttelte Mirjam ebenfalls den Kopf.

»Der Wagen ist mir vorhin bloß beim Vorbeifahren aufgefallen. Wird schon nichts zu bedeuten haben«, sagte Micks Vater, dabei sah er das Mädchen an, »ich fahre gleich zu einem Termin nach Telfs. Fährst du mit?«, fragte er.

Mirjam sah auf die Uhr. »Was, schon sechs vorbei? Ich habe die Zeit total übersehen. Ja, gerne. Dann spare ich mir den Weg im Dunkeln«, sagte sie, dabei sah sie zu Mick, »kommst du mit?«, fragte sie.

»Nein, heute ausnahmsweise nicht. Ich schaue mir noch einmal die Mathe Sachen durch, damit ich für die Prüfung wirklich fit bin. Ich begleite euch dafür zur Tür«, antwortete dieser.

»Komisch, die beiden sitzen noch immer in dem schwarzen Mercedes. Was die hier wohl suchen?«, schüttelte der Vater von Mick den Kopf, als sie kurz darauf an der Limousine vorbeifuhren.

Mirjam drehte sich rasch nach dem Kennzeichen um. »IL-13, den Rest habe ich leider nicht mehr erkannt«, sagte sie.

»Kein Problem. Mein Termin dauert höchstens eine Stunde. Wenn der Wagen dann noch immer dort steht, frage ich die beiden, was sie hier zu suchen haben«, antwortete Micks Vater.

Sie ahnten nicht, dass sie von den Männern im Mercedes genau beobachtet wurden.

»Die Gelegenheit wäre jetzt günstig. Die Frau und der Junkie sind alleine im Haus. Was meinst du, schlagen wir zu?«, fragte Carlo seinen Komplizen.

Der Albino sah ihn nachdenklich an. »Warte kurz. Ich überlege gerade, wo wir den Junkie am besten verstecken können«, sagte er.

Carlo lachte laut auf. »Wenn es weiter nichts ist. Du weißt ja, dass ich letztes Jahr von meinem Großvater eine Hütte im Brunntal geerbt habe. Die ist ziemlich abseits von den anderen gelegen. Dort hätten wir unsere Ruhe. Der einzige Nachteil ist, dass man da mit dem Auto nicht hinkommt. Unterhalb verläuft ein Weg. Hier könnte man den Wagen unbemerkt hinter den Bäumen abstellen. Dort findet den Junkie mit Sicherheit niemand«, grinste er.

Sein Komplize sah ihn mit großen Augen an. »Das bin ich gar nicht von dir gewohnt, dass du auf einmal mit fixfertigen Lösungen daherkommst. Alle Achtung, klingt echt perfekt. Aber Brunntal! Noch nie gehört. Wo bitte ist das denn?«, fragte er.

Carlo erklärte seinem Komplizen rasch, wo genau die Hütte war.

»Na, dann. Etwas Besseres werden wir nicht finden. Komm, los, auf was warten wir noch?«, drängte er.

Die beiden Männer stiegen aus dem Wagen. Nahezu lautlos ließen sie die Türen des schwarzen Mercedes ins Schloss fallen. Sie sahen sich ein letztes Mal nach allen Seiten um, dann näherten sie sich dem Haus. Kurz vor der Haustür deutete der Albino seinem Komplizen, zurück zum Wagen zu gehen. Der Gangster wartete ab, bis Carlo im Auto saß. Er zögerte einen Moment, dann drückte er mit dem rechten Daumen auf die Türklingel.

Im Haus erklang ein melodischer Gong. Der Albino atmete tief durch und rückte sich die dunkle Sonnenbrille zurecht.

Zur selben Zeit, rund dreizehn Kilometer weiter östlich in der Marktgemeinde Zirl. Korbinian Krug und Mark hatten gerade zu Abend gegessen. Wie immer um diese Uhrzeit, erhob sich der Landwirt von seinem Stuhl.

»I schaug g'schwind no amol aussi in Stall zu die Viecher, ob bei denen all's passt, oder ob sie no eppes zun Fress'n mechtn«, sagte er zu Mark, der gerade mit dem Abwasch beschäftigt war.

Der Junge sah kurz hoch. »Kein Problem. Ich mache inzwischen hier alles fertig«, antwortete er.

Korbinian Krug war gerade auf dem Weg nach draußen, da klingelte das Festnetztelefon. Er zögerte kurz. »Sakrament, auf der Nummer hat schon lang koaner mehr an'gruafn«, sagte er, dann machte er aber doch auf der Stelle kehrt und nahm das Gespräch entgegen.

Der Landwirt kratzte sich verwundert am Kopf. Der Anrufer stellte sich als Viktor Steinlechner vor. Er war Journalist und rief wegen Mark an.

Bei Korbinian Krug schrillten die Alarmglocken. Trotzdem atmete er, entgegen seiner Natur, erst einmal tief durch, bevor er darauf antwortete.

»Ja freilig wohnt der Bua iatzt bei mir. Aber warum meggsch dös wissen? Ausserdem, wo hasch eigentlich mei Telefonnummer her und woher woasch des, ha? Mit enk Schmierfinken muass ma sich nämlich g'scheid au'passn, dass es oan nit des oagene Wort im Mund um'drahnts. Dös woas i von an Freind, der schun oanmol mit oan von enk z'toan g'habt hat«, sagte er dann.

Der Journalist entschuldigte sich, dass er praktisch mit der Tür ins Haus gefallen war. In ein paar knappen Sätzen schilderte er dem Landwirt sein Anliegen.

»Die Polizei hat heute eine Pressekonferenz gegeben. Dabei ging es um schwere Missbrauchsfälle in einigen Tiroler Kinder- und Jugendheimen. Insbesondere in dem Heim, in dem Mark untergebracht war, häufen sich mittlerweile die Vorwürfe«, der Mann zögerte kurz, »ich spiele mit offenen Karten. Ihre Adresse hat mir ein Bekannter gegeben. Er arbeitet beim Jugendamt, und es ist ihm ein großes Anliegen, dass dieser schreckliche Fall von Kindesmissbrauch endlich an die Öffentlichkeit gelangt, damit die Aufklärung mehr Druck von außen bekommt. Ihm ist bewusst, dass er dadurch seine Kompetenzen überschreitet. Deshalb bleibt diese Quelle anonym. Er hat mir ihre Adresse gegeben. Die Festnetztelefonnummer habe ich aus dem Internet recherchiert. Vielleicht könnten Sie ja mit dem jungen Mann Rücksprache halten, ob er für ein Interview zur Verfügung steht. Ich versichere, dass Marks Namen oder sein Aufenthaltsort nicht genannt werden. Glauben Sie, er wäre zu einem Gespräch bereit?«, fragte er.

Korbinian Krug zögerte, bevor er darauf antwortete. »Dös kunn i dir iatzt nit auf die Schnelle sag'n. Der Bua isch ja erst seit gestern bei mir. Vom G'fühl her moanat i, dass der im Moment nix anders, wie sei Ruah, braucht. Die Entscheidung liegt deswegen ganz bei dem Buab'm, ob er so a Zuig überhaupt mecht. I frag ihn gern, ob dös passt. Aber davor muass i in Stall schaug'n, ob die Viecher no eppes brauch'n. Wenn i wieder z'rugg kimm, nacha red i mit ihm. Ruaf'sch in a Stund no amol un, da woass i sicher mehr«, sagte er dann.

Eine Viertelstunde später kam der Landwirt aus dem Stall zurück. Mark hatte es sich inzwischen in der Stube auf der Ofenbank gemütlich gemacht. Er genoss die wohlige Wärme des Kachelofens in seinem Rücken. Mit geschlossenen Augen lag er da und träumte vor sich hin.

Korbinian Krug setzte sich an den Holztisch und kratzte sich nervös am Kopf. Er suchte nach den richtigen Worten. »Schlaf'sch du, oder kunn i di eppes frag'n?«, sagte er dann.

Mark öffnete die Augen. »Nein, ich döse nur vor mich hin. Was gibt es denn?«, fragte er.

Der Landwirt räusperte sich kurz. Dann wischte er mit dem Handrücken einen Brotkrümel vom Tisch.

»Vor i in Stall g'angen bin, hat's Telefon g'schellt«, sagte er.

»Ja, das habe ich gehört. Ich wollte dich nachher fragen, wer das war?«, antwortete Mark.

»Des war a Schurnalischt, woasch eh, so a Schreiberling von a Zeitung. Wenn i mi richtig erinner, hoasst er Viktor Steinlechner. Eigentlich eh ganz sympathisch. Er hat g'moant, dass er gern mit dir red'n mecht. Es geaht um die G'schicht in dem Heim, wo du warsch«, sagte er.

Korbinian Krug erzählte dem Jungen in den nächsten Minuten, was der Journalist gesagt hatte.

Nachdem er geendet hatte, überlegte Mark kurz. Dann sah er den Landwirt entschlossen an.

»Ja, das ist endlich die Chance. Damit kriegen wir die Schweine dran, die zwar die Verantwortung hatten, aber immer nur wegsahen, obwohl sie alles mitbekommen haben, was da abgelaufen ist. Sag ihm bitte, dass ich mich mit ihm treffen möchte«, sagte er.

Im »Brunntl«

Nachdem sich eine halbe Minute nichts gerührt hatte, drückte der Albino nochmals auf die Türklingel. Wieder hallte der melodische Gong durch das Haus. Endlich rührte sich etwas. Gleich darauf wurde im Gang das Licht angemacht. Sekunden später öffnete sich die Haustür. Es war Micks Mutter.

»Kann ich Ihnen helfen?«, fragte sie und sah den Mann verwundert an.

Draußen war es inzwischen längst finster, trotzdem trug er eine dunkle Sonnenbrille.

»Verzeihen Sie bitte die späte Störung, aber es geht um ihren Sohn. Es ist wirklich wichtig. Darf ich kurz hineinkommen?«, fragte er.

Der Mutter von Mick lief auf einmal ein kalter Schauer über den Rücken. Gleich darauf zuckte sie instinktiv zurück. Der Mann versuchte, seinen Fuß zwischen den Türrahmen zu schieben.

»Was wollen Sie von meinem Sohn?«, presste sie zu Tode erschrocken heraus.

Ein hämisches Grinsen huschte über das Gesicht des Fremden, doch auf einmal erstarrten seine Gesichtszüge. Micks Vater kam in diesem Moment wieder nach Hause. Er hatte unterwegs einen Anruf bekommen, dass der geplante Termin in Telfs auf einen anderen Tag verschoben wurde.

Er erfasste die Situation sofort. Geistesgegenwärtig bremste er das Auto direkt vor dem Haus ab und sprang aus dem Wagen.

»Hey, was machen Sie hier!«, rief er, doch der Gangster war schneller.

Der Albino drehte auf der Stelle um und sprintete zu seinem Mercedes, der mit laufendem Motor in der Parkbucht stand. Carlo hatte Micks Vater schon bemerkt, wie dieser von der Landesstraße abgebogen war. Instinktiv rutschte er auf den Fahrersitz hinüber und betätigte die Zündung.

»Verdammte Scheiße, das war knapp! Komm, nichts wie weg!«, fluchte der Albino, nachdem er sich in den Beifahrersitz fallen ließ.

Carlo trat das Gaspedal der Limousine voll durch. Der Motor des Wagens heulte laut auf. Mit aufgeblendeten Scheinwerfern schoss der Mercedes aus der Parklücke und raste an Micks Eltern vorbei.

Die beiden waren von den Lichtern so geblendet, dass sie nicht einmal mehr das Kennzeichen des Wagens sahen.

»Die schnappe ich mir«, rief der Vater, doch seine Mutter hielt ihn zurück.

»Nein, bitte! Bleib hier, das ist viel zu gefährlich! Ich habe dem Mann in sein Gesicht gesehen. Der zögert keine Sekunde, das spüre ich. Wir rufen die Polizei«, sagte sie.

Knapp fünf Minuten später ertönte draußen auf der Landesstraße ein Folgetonhorn. Das Geräusch kam rasch näher. Kurz darauf, bog ein Polizeiauto mit rotierendem Blaulicht in die Straße, wo Mick wohnte, ein. Zwei Polizisten sprangen aus dem Wagen und rannten im Laufschritt zum Haus.

In ein paar knappen Sätzen erklärten Micks Eltern, was passiert war.

»Hat Sie der Mann bedroht oder angegriffen?«, fragte einer der beiden Beamten.

»Nein, dazu ist es nicht mehr gekommen, weil mein Mann gerade im richtigen Moment nach Hause gekommen ist. Aber wenn Sie mich so fragen. Ja, ich habe mich bedroht gefühlt. Vor allem, als er seinen Fuß in die Tür gestellt hat. Da habe ich wirklich Todesängste ausgestanden. Ich möchte mir gar nicht vorstellen, was passieren hätte können«, antwortete Micks Mutter.

Die beiden Beamten hörten aufmerksam zu. Der Größere von ihnen schrieb ein paar Notizen in ein kleines Büchlein. Nachdem die Frau fertig war, sah er sie kurz nachdenklich an.

»Es tut mir leid, aber ich musste Sie das vorhin fragen«, er sah seinen Kollegen an, »gib bitte gleich die Fahndung durch, die Personenbeschreibung hast du ja«, sagte er, dann sah er die Eltern des Jungen an, »jetzt steht noch die Frage im Raum, was der Mann von ihrem Sohn wollte. Können wir mit ihm sprechen?«, fragte er.

»Natürlich, er ist oben in seinem Zimmer. Warten Sie bitte, ich hole ihn gleich. Es ist auch uns ein großes Anliegen zu wissen, was das alles zu bedeuten hatte«, antwortete Micks Mutter.

Inzwischen hatte Carlo den Mercedes nach der überstürzten Flucht, im Untergeschoss eines Parkhauses abgestellt, welches zu einem Einkaufszentrum in Telfs gehörte. Das Wohnhaus, in dem der Albino seine Dachgeschosswohnung hatte, war von hier zwar ein Stück entfernt, trotzdem ließen die Männer den Wagen dort stehen. Es war im Moment zu riskant, mit dem schwarzen Mercedes zu fahren. Zur Vorsicht hatten die beiden Gangster sogar die Nummernschilder abmontiert.

»Es ist wie verhext, in letzter Zeit geht aber auch wirklich alles schief. Kein Wort zum Boss darüber!«, fluchte der Albino, dabei sah er seinen Komplizen an, »morgen in der Früh schnappen wir ihn uns. Nicht weit vom Haus entfernt habe ich eine Bushaltestelle gesehen. Wenn er sich auf den Weg in die Schule macht, krallen wir uns die Kröte. Wo ist verdammt noch einmal diese Hütte, von der du heute gesprochen hast?«, sagte er.

»Im Brunntal, oberhalb von Zirl. Aber da würden wir mit dem Mercedes sowieso nicht hinkommen. Der Zufahrtsweg, der unten an der Hütte vorbeiführt, ist voller Schlaglöcher. Wir würden sicher schon auf dem Weg dorthin aufsitzen und keinen Meter mehr weiterkommen«, Carlo sah seinen Komplizen an, »da ist uns mein kleiner Panda eine größere Hilfe. Außerdem hat die Karre Allrad, da kommen wir locker überall hin. Der Mercedes wäre auf diesem Weg viel zu auffällig«, sagte er.

»Ok, dann bist du morgen um sechs Uhr in der Früh bei mir. Dann haben wir noch genügend Zeit, um alles vorzubereiten«, nickte der Albino.

Sein Komplize schüttelte den Kopf. »Man merkt, dass du schon lange keine Schulbank mehr gedrückt hast. Morgen ist Samstag, da ist keine Schule. Wir müssen uns bis Montag gedulden«, grinste er.

»Verdammte Scheiße. Ich sagte doch, dass im Moment alles daneben geht. Gut, es bleibt uns keine andere Wahl. Dann ziehen wir die Sache eben am Montag durch. Hole mich trotzdem gleich um sechs Uhr in der Früh ab. Wir nützen dann eben das Wochenende, und du zeigst mir die Hütte. Für mich ist es jetzt ohnehin erst einmal besser, wenn ich ein paar Tage von der Bildfläche verschwinde. Die Mutter des

Jungen hat mich gesehen. Die Alte hat sicher längst die Bullen gerufen und denen mein Aussehen beschrieben. Außerdem können wir dort oben, das eine oder andere vorbereiten. Nicht, dass wir wieder eine böse Überraschung erleben«, der Gangster grinste hämisch, »der Junkie muss sich nämlich auf einen längeren Aufenthalt in den Bergen einstellen«, sagte er.

Wie vereinbart, holte Carlo seinen Komplizen am nächsten Tag um Punkt sechs Uhr in der Früh ab. Zur Vorsicht hatte der Albino auf seine dunkle Sonnenbrille verzichtet. Die trug er sicher verwahrt in der Brusttasche seiner dick wattierten Winterjacke. Außerdem hatte er sich eine rote Schildkappe aufgesetzt, die er tief in sein Gesicht gezogen hatte.

Der Gangster öffnete die Beifahrertüre und deponierte den Rucksack, den er dabeihatte, auf der Rückbank des Wagens. Dann ließ er sich in den Beifahrersitz fallen. Auf der Fahrt über die Dörfer nach Zirl sprachen die beiden Männer kein Wort. Erst nachdem sie den Schotterweg entlangfuhren, der hinauf ins Brunntal führte, meldete sich der Albino.

»In diese Gegend bin ich bisher noch nie gekommen. Wie lange ist es noch, bis wir da sind?«, fragte er.

»Eine knappe Viertelstunde. Dann stellen wir das Auto hinter ein paar Bäumen ab. Von dort gehen wir noch gute zehn Minuten bis zur Hütte«, antwortete Carlo.

Nach einer knappen halben Stunde gelangten die beiden Männer oben bei ihrem Ziel an. Zum Glück hatte vor zwei Tagen der Föhn eingesetzt. So war die

Straße schneefrei, und sie kamen mit ihrem kleinen Panda ohne Probleme den, mit Schlaglöchern übersäten, steilen Weg den Berg hinauf. Carlo stellte den Kleinwagen hinter einer Baumgruppe ab, den Rest des Weges bewältigten sie zu Fuß. Nachdem sie die Hütte betreten hatten, sah sich der Albino um. Die Einrichtung war bescheiden. Ein Schwedenofen in der Mitte des Raumes, ein paar Meter weiter ein sogenannter Sparherd aus Omas Zeiten, der mit Holz befeuert wurde, gegenüber eine Eckbank samt Tisch und daneben ein hölzernes Bett. Auf der Fensterbank stand eine verstaubte Blumenvase. Dazu gab es einen Holzboden, der bei jedem Schritt knarrte. Es war alles genauso, wie man sich eine idyllische Hütte in den Tiroler Bergen vorstellte. Der Albino war hellauf begeistert.

»Gratuliere, das ist wirklich das perfekte Versteck, Carlo. Hier oben findet uns kein Mensch. Außerdem gibt es so gut wie keinen Handy Empfang. Das passt perfekt zu unserem Plan«, nickte er zufrieden, dabei stellte er seinen Rucksack vorsichtig auf dem Tisch ab.

Sein Komplize lächelte mit stolzgeschwellter Brust. Endlich hatte er einmal die Möglichkeit dem Albino, der gerne den Chef von ihnen beiden spielte, zu beweisen, dass er ebenfalls etwas draufhatte. Die Hütte im »Brunntl«, wie das Tal von den Einheimischen genannt wurde, war perfekt für ihr Vorhaben geeignet. Das leicht versteckte Tal zog sich von der Marktgemeinde Zirl nach Nordosten in Richtung Großer

Solstein. An die neunzig Wochenendhäuser verteilten sich über die ganze Gegend. Zum Glück war die Hütte von Carlo weit abgelegen von den anderen. Niemand würde mitbekommen, was die beiden Gangster hier oben vorhatten.

»Fahre du wieder hinunter in den Ort und besorge genügend Proviant, damit wir die nächste Zeit ohne Probleme über die Runden kommen. Ich richte mich hier inzwischen häuslich ein«, sagte der Albino.

Der Gangster wartete ab, bis sein Komplize verschwunden war, dann holte er zwei Holzscheite, die vor der Hütte aufgestapelt waren, und feuerte damit den Ofen an. Nach ein paar Minuten loderten die Flammen hell durch das Sichtfenster hervor. Der Albino schob noch weiteres Holz hinterher. Es dauerte nicht lange und eine wohlige Wärme breitete sich in dem kleinen Raum aus. Ein zufriedenes Lächeln umspielte die Lippen des Mannes. Er sah kurz in die Flammen, dann bewegte er sich langsam zurück zum Tisch und öffnete den Rucksack.

»Du hast mir schon mehrmals einen treuen Dienst erwiesen. Ich weiß, dass du mich auch diesmal nicht enttäuschen wirst«, grinste er, dabei wog er die Pistole der Marke Glock in seiner rechten Hand.

Der Gangster entriegelte das Magazin der Waffe, dann holte er eine Packung Munition des Kalibers 9mm aus dem Rucksack. Langsam ließ er eine tödliche Kugel nach der anderen in dem Behältnis einrasten. Es glich fast einem Ritual, welches der Albino hier zelebrierte. Nachdem er damit fertig war, deponierte er die Waffe hinter einem Polster der Eckbank, in Sichtweite des Bettes.

»Bis der Idiot wieder zurück ist, lege ich mich eine Weile flach, schließlich bin ich heute schon seit fünf aus den Federn«, murmelte er und legte sich mitsamt der Kleidung auf das Bett.

Es dauerte nicht lange, und er schlief tief und fest. Zumindest bis zu jenem Zeitpunkt, als es kräftig an der Tür rüttelte.

Der Gangster fuhr erschrocken in die Höhe und hechtete gleichzeitig zur Eckbank, wo er seine Glock hinter dem Polster versteckt hatte. Er hatte die Pistole schon entriegelt und im Anschlag, da hörte er die Stimme seines Komplizen.

»Sven, ich bin es. Mach endlich diese verdammte Tür auf. Ich fiere mir hier draußen den Arsch ab«, rief Carlo.

Der Albino ließ die Waffe wieder sinken und öffnete die Tür.

»Du bist aber echt ein Idiot. Ich hätte dich um ein Haar abgeknallt. Warum hast du mir kein Zeichen gegeben, dass du das bist?«, fuhr er seinen Komplizen wütend an.

Carlo ließ die beiden Säcke mit Lebensmitteln, die er besorgt hatte, auf den Boden fallen.

»Wie hätte ich denn das machen sollen? Du hast so laut geschnarcht, dass ich es fast bis hinunter zum Weg gehört habe«, der Mann sah seinen Komplizen ernst an, »dabei haben wir im Moment ganz andere Sorgen«, sagte er.

Der Albino steckte die Pistole weg und warf Carlo einen fragenden Blick zu. »Wie meinst du das?«, wollte er wissen.

Der schüttelte den Kopf, dabei wedelte er gleichzeitig mit der aktuellen Ausgabe der Tagezeitung vom Samstag. »Hier, lies selbst. Die Mutter von dem Junkie hat der Polizei eine genaue Täterbeschreibung abgegeben. Gratuliere, du bist ein Star. Dein Phantombild ist heute in der Zeitung erschienen. Gar nicht einmal so schlecht getroffen. Also, ich würde dich sofort wieder erkennen«, sagte Carlo.

Der Albino fuhr herum wie eine Viper. »Verdammte Scheiße, wie konnte das so schnell passieren?«, schrie er wütend.

Sein Komplize zuckte bloß mit den Schultern. »Keine Ahnung, du hast ja mit ihr gesprochen«, er deutete auf die Lebensmittel, »ich muss noch einmal hinunter in den Ort, den Rest besorgen«, sagte er.

Carlo war froh, dass er noch etwas zu erledigen hatte. Er kannte die Launen des Albinos genau, wenn Sachen außer Kontrolle gerieten. Darauf hatte er im Moment wirklich keinen Bock, das gemeinsam mit ihm auszubaden.

Zur selben Zeit saß Korbinian Krug in der Stube und blätterte in der Tageszeitung. Er hatte die Stallarbeit erledigt und freute sich schon auf ein ausgiebiges Frühstück. Auf einmal hielt er inne. Nachdenklich stellte er die Kaffeetasse auf die Seite.

»I friß glei an Aff'n. Dös G'friss kenn i decht«, der Landwirt überlegte fieberhaft, wo er den Mann, dessen Phantombild in der Zeitung abgebildet war, gesehen hatte, doch es fiel ihm nicht mehr ein.

»A wurscht, aber do kimm i schun no drauf«, er trank einen Schluck Kaffee, dann sah er auf die Uhr, »iatzt wear i amol den Buab'm wecken. Er hat gestern vor'm Schlafengeh'n g'moant, dass er unbedingt mit mir ins Holz fahren mecht. S' Zeichen dafür passt heit perfekt. Kimm, Gertrud, nacha weck'n mir den Mark amol au«, sagte er zu seiner schwarzen Hündin, die schon alleine beim Namen des Jungen heftig mit ihrem Schwanz wedelte.

»Mark! Kimmsch du, mir wollt'n heit ins Holz«, rief Korbinian Krug die Stiege hinauf.

Er brauchte nicht lange auf eine Antwort zu warten.

»Bin schon da«, kam es von oben.

Sekunden später rannte der Junge, fix fertig angezogen, die Stiege hinunter, wo er freudig von Gertrud begrüßt wurde. Die Hündin sprang schwanzwedelnd immer wieder an ihm hoch.

»Ist ja gut, meine Liebe. Ich bin ja schon bei dir«, lachte er und kraulte die Hündin am Hals.

Nachdem er gefrühstückt hatte, zog er sich seine warme Winterjacke über und rannte, gefolgt von Gertrud, aus dem Haus. Korbinian Krug hatte inzwischen den Traktor gestartet und wartete mit laufendem Motor auf die beiden.

»Bischt schun amol im Holz g'wesen?«, fragte er den Jungen.

Mark schüttelte den Kopf. »Nein, das ist das erste Mal. Ich bin schon ganz aufgeregt«, antwortete er.

»Des g'fallt dir sicher. Des Brunntl isch wia a zwoate Hoamat für mi. Da bin i schon als Bua gern g'wesn. Aber heut ham mir eh nit so viel Zeit, weil es kimmt ja no der Schreiberling von der Zeitung«, lachte Korbinian Krug, auch ihm stand die Freude über die bevorstehende Arbeit in das Gesicht geschrieben.

Nach knapp einer halben Stunde später knatterten sie mit ihrem Traktor die Zirler Mähder entlang. Mark saß gemeinsam mit Gertrud hinten auf der angebauten Ladefläche. Die Hündin schmiegte sich an den Jungen und ließ ihn dabei keine Sekunde aus den Augen.

»Da unten isch der Fliesser Wald. Iatz ham mir nimmer weit, bis mir bei die Bam sein. Nacha können mir glei amol unfangen mit'n Schlägern«, rief Korbinian Krug nach hinten zu Mark, bevor er den Traktor in eine enge Kurve lenkte.

Auf einmal verriss er das Lenkrad und trat heftig auf die Bremse.

»Ja Fixsacklzement, du Depp du bleder! Kunnsch nit au'passn? A so a Trottl«, schimpfte er lauthals und deutete mit beiden Händen in Richtung des kleinen Fiat Panda, der sie gerade fast gerammt hätte, weil er mit überhöhter Geschwindigkeit den Berg talwärts raste.

Der Fahrer des Kleinwagens schüttelte bloß den Kopf, dachte aber nicht daran, zurückzusetzen. Der Mann blieb einfach mitten auf dem Weg stehen und hinderte damit den Landwirt an der Weiterfahrt.

»Zefix no amol, du Mopsgfriess. Megsch nit z'ruggfahren, du Kürbiskopf! Der Bergfahrende hat Vorrang, des woas bei ins a jed's Kind«, fluchte Korbinian Krug und lenkte den Traktor bis knapp vor die Kühlerhaube des Autos.

Endlich reagierte der Lenker und schob den Kleinwagen zurück bis zu einer Ausweiche.

»Sig'sch Mark, so macht ma des! Was glab'n denn die bledn Affn, wer sie sein? Dös war sicher wieder a so a g'schissener Schtattler, der sich do au'er verirrt hat. Oder am End gar a so a siebeng'scheider G'schdudierter. Dabei derfat der mit sein G'rattn da auer gar nit fahrn, aber die Hauptsach isch, teiflisch oan af wichtig machen. A so a Lapp!«, rief der Landwirt nach hinten.

Mark deutete mit erhobenem Daumen zu ihm zurück und grinste heimlich in sich hinein. Das war Korbinian Krug. Ein Mann wie sein Wort. Raue Schale und dabei ein samtweicher Kern, wie Sahnepudding. Im Schritttempo tuckerten sie schließlich an dem Panda vorbei. Doch weder Mark, noch der Lenker des Kleinwagens, nahmen bei dieser Begegnung voneinander Notiz.

»Schattenzwillinge«

Am frühen Nachmittag kamen Korbinian Krug und Mark wieder von der Holzarbeit nach Hause. Der Journalist hatte sich für halb vier Uhr angemeldet. Der Junge sah ständig auf die Uhr. Je näher der Termin rückte, umso nervöser wurde er jetzt.

Pünktlich zur vereinbarten Zeit läutete es an der Tür. Mark hätte es fast überhört, doch Gertrud kündigte den Besuch mit lautem Gebell an.

»Ruhig, meine Liebe. Des passt schon. Des isch lei der Schreiberling von der Zeitung, der derf ins

Haus«, beruhigte Korbinian Krug die Hündin und dirigierte sie durch den Hinterausgang hinaus in den Garten, »i geh mit ihr a Runde, nacha habt's es enker Ruah zum Red'n«, sagte er.

Mark deutete mit erhobenem Daumen, dass das für ihn passte. Er wartete kurz ab, bis der Landwirt mit der Hündin verschwunden war, dann öffnete er die Haustür. Am Anfang war er erst einmal total überrascht, wen er vor sich hatte. Den halben Tag hatte er damit verbracht, sich vorzustellen, wie der Journalist wohl aussah. Von einem seriösen Herrn mit Anzug und Hornbrille bis hin zu einem unsympathischen Schnösel mit Kurzhaarfrisur und Designerklamotten war alles dabei. Der junge Mann im Türrahmen vor ihm spiegelte keines dieser Bilder wider.

Viktor Steinlechner war Anfang, höchstens Mitte zwanzig. Der Journalist hatte seine schulterlangen, schwarzen Haare zu einem Rossschwanz zusammengebunden, an den Beinen trug er ausgebleichte Jeans, die an den Knien zerrissen waren, dazu einen zerschlissenen grauen Hoodie mit dem Aufdruck ACDC »Rock or Bust« World Tour 2015/2016. Seine Füße steckten in ausgefransten roten Converse Chucks, bei denen sich an den Seiten schon langsam der Gummi ablöste. Der junge Mann war eine Erscheinung, zu der Mark sofort Vertrauen fasste.

»Servus, du musst Mark sein, oder? Hi, ich bin Viktor. Vielen Dank, dass du dir Zeit für mich nimmst«, begrüßte er den Jungen und hielt ihm dabei die Hand zum High Five hin.

Mark schlug ein, »hi, Viktor. Ja genau, ich glaube ich kann dir eine Menge über dieses Heim erzählen. Bitte, komm doch herein«, sagte er und führte den Journalisten in die Stube.

Viktor Steinlechner stellte seine lederne Umhängetasche auf einen freien Stuhl neben sich, dann öffnete er sie und zog einen Block samt Kugelschreiber hervor. Er sah sein Gegenüber fragend an.

»Stört es dich, wenn ich unser Gespräch auch noch mit dem Handy mitschneide? Dann geht auch bestimmt nichts von dem verloren, was du mir erzählst«, fragte er.

»Nein, das ist überhaupt kein Problem. Mach nur, wenn es für dich so besser ist«, antwortete Mark.

Eine Stunde später schüttelte Viktor Steinlechner nur noch den Kopf.

»Das ist echt krass. Ich habe in dieser Story schon ziemlich viel vorab recherchiert und bin da auf einiges gestoßen. Aber das setzt all dem die Krone auf. Ich bin wirklich entsetzt, dass so etwas in der heutigen Zeit möglich ist«, er sah Mark an, »das ist wie ein Tornado. Bloß, dass der diesmal in die verkehrte Richtung von unten nach oben fegt. Was du mir hier erzählt hast, ist echt eine Bombe. Vor allem, weil du die Geschichte als Betroffener beim Namen nennst. Da werden schon bald einige Herrschaften bis ganz oben hin, ziemlichen Erklärungsbedarf haben. Du bist dir wirklich sicher, dass ich das alles genauso bringen darf, wie du es mir gesagt hast?«, fragte er.

»Klar, deshalb habe ich dir das alles erzählt. Außerdem mache ich das auch für Max, das bin ich ihm schuldig. Hätten die Arschlöcher damals in dem Heim nicht weggesehen, sondern richtig gehandelt, hätten wir erst gar nicht mit dem Zeug angefangen. Dann wäre mein bester Freund jetzt vielleicht noch am Leben. Aber, wenn man auf einem Auge blind ist und auf dem anderen nichts sehen will, kommt eben so etwas heraus«, Mark wischte sich eine Träne aus dem linken Auge, »mein Part ist damit erledigt, jetzt bist du dran«, antwortete er schließlich.

Viktor Steinlechner sah auf die Uhr und überlegte kurz. »Für die morgige Ausgabe ist die Geschichte schon gegessen, weil wir bald Redaktionsschluss haben. Wenn es für dich passt, bringen wir morgen einen Teaser, also einen Anreißer mit kurzem Text und einem Bild von der Außenansicht des Heims. Das macht die Menschen neugierig auf die Geschichte. Ich checke mit meinem Chefredakteur noch ab, wann wir die Story dann groß bringen können, weil dafür brauchen wir echt Platz. Aber es wird sicher nicht ewig dauern. So wie ich den Boss kenne, erscheint sie gleich in der Montagsausgabe«, sagte er.

Mark nickte, dennoch sah er den Journalisten zweifelnd an. «Das klingt perfekt. Aber ich habe dein Wort, das in der Zeitung weder mein Name genannt wird, noch ein Foto von mir abgebildet wird?«, fragte er.

«Kein Problem. Das habe ich alles schon abgeklärt. Du bekommst ein Pseudonym, unter dem du veröffentlicht wirst. Du kannst dir sogar den Namen selbst aussuchen«, antwortete Viktor Steinlechner.

«Dann schreib bitte Max V.«, Mark überlegte kurz, «Max steht für meinen besten Freund. Das V. symbolisiert Victim, also Opfer, das er ja war«, er sah den Journalisten entschlossen an, «andererseits bedeutet es auch Victory, diesen Sieg über diese Arschlöcher hätte ich dann gerne für mich«, sagte er schließlich.

«Wow, du bist echt jetzt schon ein Profi. Das passt perfekt. Wenn du später einmal Interesse hast, dann melde dich. Wir suchen immer gute Leute, die für uns schreiben«, sagte der Journalist.

«Danke, aber im Moment bin ich einfach nur glücklich und froh, endlich wieder ein richtiges Zuhause zu haben. Den Rest warten wir erst einmal ab«, antwortete der Junge.

Viktor Steinlechner hatte Recht behalten. Der Anreißer in der Sonntagsausgabe hatte nicht nur die Neugier der Menschen geweckt, sondern einigen sogar eine schlaflose Nacht beschert. Das kam nicht von ungefähr, denn die Bombe platzte dann gleich am nächsten Morgen, als auf einer ganzen Doppelseite ausführlich über die Vorfälle in dem Jugendheim berichtet wurde.

Der Journalist hatte seinen Job perfekt erledigt. Das blieb nicht ohne Folgen. Angefangen von der Heimleitung bis hinauf in die obersten Ebenen der Landespolitik war alles in heller Aufruhr. Und das gleich an einem Montagmorgen.

Wie tief der Stachel saß, merkte man bei den Verantwortlichen an der ersten Reaktion. Zuerst schienen sie alle in eine Art Schockstarre versetzt, denn vorerst war niemand zu einer persönlichen Stellungnahme zu erreichen. Wie bei solchen Vorfällen üblich, tagte jedoch im Hintergrund bereits das Krisenmanagement.

Eine erste Aussendung an die Medien ließ deshalb nicht lange auf sich warten. Schon um halb zehn Uhr wurde die Meldung verschickt. Dort hieß es aber nur lapidar, dass man die Angelegenheit sehr ernst nehme und umgehend eine unabhängige Untersuchungskommission eingerichtet hat, die den Fall prüft.

Mark verfolgte alles aufmerksam von der Stube aus. Er war alleine im Haus. Der Landwirt war mit Gertrud wieder hinauf ins Brunntl zu seinem Wald gefahren, um die restlichen Bäume zu schlägern. Normalerweise hätte für den Jungen heute die Schule angefangen. Auf seinen Wunsch hin, hatte ihn Korbinian Krug für den Besuch der neuen Mittelschule in Zirl angemeldet. Nach Rücksprache mit dem Direktor hatten sie aber vereinbart, dass er wegen der ganzen Vorfälle an diesem Montag noch zuhause blieb.

Der Journalist hielt ihn ständig über den aktuellen Stand auf dem Laufenden. Mit jeder neuen Nachricht von Viktor Steinlechner fügte sich das, vorerst noch verworrene Puzzle, Stück für Stück zu einem kompakten Ganzen zusammen. Dann kam auf einmal Bewegung in die Sache. Die Ereignisse überschlugen sich urplötzlich.

Mark war gerade dabei, sich in der Küche Wasser für einen Tee aufzustellen, da signalisierte sein Handy den Eingang einer Nachricht via WhatsApp. Der Junge zog sein neues Smartphone, das er am Samstag von Korbinian Krug bekommen hatte, aus der Tasche und las die Info. Sie war von Viktor Steinlechner.

«Hi Mark! Anbei die neuesten News für dich. Die vier Jugendlichen, die verdächtigt werden, in dem Heim die Missbräuche begangen zu haben, wurden gerade von der Polizei verhaftet. Nachdem sie alle über vierzehn Jahre alt und somit strafmündig sind, wartete schon der Haftrichter auf sie. Im Moment gilt für sie zwar noch die Unschuldsvermutung, aber ich halte dich weiter auf dem Laufenden. Bis zur nächsten Info, Viktor.»

An diesem Morgen warteten der Albino und sein Komplize in dem kleinen Fiat Panda schon seit halb sieben Uhr in der Früh auf dem Parkplatz vor dem Supermarkt darauf, dass ihr Zielobjekt endlich das Haus verließ. Carlo hatte ihn bereits um fünf oben in der Hütte im Brunntal abgeholt. Die Augen der beiden Gangster waren auf den Eingang gerichtet.

«Was ist, wenn wir uns getäuscht haben, und die Kröte taucht gar nicht auf?», fragte Carlo nervös.

«Keine Angst, der kommt schon noch», antwortete der Albino und deutete mit dem Kopf hinüber zur Bushaltestelle, «der steigt sicher dort drüben in den Bus», sagte er.

Der Gangster behielt recht damit. Kurz nach sieben Uhr kam endlich Bewegung hinein. Mick verließ das Einfamilienhaus und steuerte geradewegs auf die Haltestelle zu.

«So, mein Kleiner. Jetzt bist du dran», grinste der Albino und holte eine Flasche mit Äther und einen Wattebausch aus dem Nylonsack, der vor ihm auf dem Boden des Wagens lag.

Er wog das Betäubungsmittel zufrieden in seiner Hand. Grinsend tränkte er die Watte mit Äther, dabei sah er seinen Komplizen entschlossen an.

«Fahr im Schritttempo an dem Junkie vorbei. Wenn wir auf gleicher Höhe sind, springe ich aus dem Auto und schnappe mir den Jungen», befahl er.

Carlo steuerte den Kleinwagen hinaus auf die Landesstraße. Sekunden später waren sie gleichauf mit Mick. In diesem Moment sprang der Albino aus dem Auto und drückte dem Jungen den mit Äther getränkten Wattebausch auf Mund und Nase. Der Gangster riss die hintere Tür des Wagens auf und schob den erschlafften Körper hinein. Die ganze Aktion verlief so schnell, dass niemand etwas davon bemerkte.

«Gib Gas. Und jetzt ab auf die Hütte. Dort nehmen wir den Kleinen ordentlich in die Mangel», zischte der Gangster.

Eine knappe halbe Stunde später holperten sie mit dem Kleinwagen die Straße entlang, die hinauf ins Brunntal führte. Der Albino war merklich angespannt. Er hatte sich ebenfalls nach hinten gesetzt, um sofort zu reagieren, falls der Junge munter würde.

Doch soweit kam es nicht, die Dosis reichte aus, um eine halbe Schulklasse zu betäuben. Mick hing, den Kopf vornübergebeugt, im Wagen und rührte sich nicht.

Auf einmal wurden die beiden nach vorne geschleudert. Der Albino stütze sich mit aller Kraft ab. Im letzten Augenblick gelang es ihm, zu verhindern, dass er und der Junge mit den Köpfen gegen den Vordersitz prallten.

«Spinnst du! Hast du vor uns umzubringen, oder warum bremst du so unvermittelt?«, schrie er seinen Vordermann an.

Doch sein Komplize reagierte erst gar nicht darauf, sondern deutete mit erhobener Faust durch die Windschutzscheibe.

«Nicht schon wieder dieser Vollidiot. Mach endlich Platz mit deinem dämlichen Vehikel!«, rief er dem Mann mit dem breitkrempigen, braunen Filzhut und dem karierten Flanellhemd zu.

Doch der reagierte gar nicht darauf, sondern deutete nach hinten auf die Holzfuhre, die an dem Traktor dranhing.

Der Gangster hatte keine andere Wahl, er saß hier auf dem kürzeren Ast.

«So ein saudummes Arschloch. Der ist mir am Samstag schon einmal begegnet. Ausgerechnet jetzt kommt der mit seinem dämlichen Holz daher, fluchte Carlo, dabei kurbelte er gleichzeitig wie verrückt am Lenkrad, um den Panda ganz nach rechts an den Straßenrand zu steuern.

«Pass auf, da ist ein Abgrund! Wenn wir da hinunterstürzen, ist kein Verband mehr für uns notwendig. Dann braucht es bloß noch einen Sarg», rief der Albino von hinten.

«Keine Angst. Ich habe alles im Griff. Wenn der Idiot von der Bildfläche verschwunden ist, fahren wir weiter», antwortete Carlo, dem jetzt dicke Schweißperlen auf der Stirn standen.

Im Schritttempo tuckerte der Traktor an dem Kleinwagen vorbei. Dabei sah der Lenker wütend zu ihnen herüber und zeigte Carlo den ausgestreckten Mittelfinger.

Doch der Gangster war so konzentriert, dass er das alles nicht bemerkte. Er sah auch nicht, wie der Lenker des Traktors urplötzlich bleich wurde.

Korbinian Krug bemerkte es erst auf den zweiten Blick. Aber er hatte sich nicht getäuscht. Der Junge, der auf der Rückbank des Fiat Panda saß, war Mark.

»Fixsacklzement, dös gibt's decht nit! Hasch g'sechn Gertrud? Des war grad der Mark. Zefix no amol, wia kimmt denn der Bua do in den Grattn eini?«, rief er zu seiner Hündin, die neben ihm auf dem Boden saß.

Der Landwirt brachte den Traktor zum Stillstand, dann drehte er sich um. Doch vergebens, der Kleinwagen verschwand in diesem Moment um die nächste Kurve.

«Mensch, das war jetzt echt arschknapp. Viel hätte nicht gefehlt, und wir wären den Abhang hinuntergestürzt», sagte der Albino mit zitternder Stimme.

Sein Komplize erwiderte nichts darauf. Wortlos steuerte er den Wagen weiter die Bergstraße hinauf, der Hütte entgegen.

Nach knapp fünf Minuten waren sie endlich am Ziel angelangt. Wie am Samstag stellte Carlo den Kleinwagen hinter der Baumgruppe ab. Die beiden Männer zerrten Mick aus dem Wagen und schleppten ihn den Rest des Weges hinauf zur Hütte.

Korbinian Krug hingegen verstand die Welt nicht mehr. Er hatte sofort zum Telefon gegriffen und Marks Nummer gewählt. Er hatte mit dem Schlimmsten gerechnet, bloß nicht damit, dass sich der Junge meldete.

»Fixsacklzement, bin i froa dass i deine Stimm hear. Iatzt hun i schun g'moant du bisch der in dem Auto. Do isch oaner d'reing'hockt, der hat gleich ausg'schaug wia du. As wär's a Schattenzwilling von dir. Wenn die Gertrud lei red'n kannt. Die würd des sofort bestätigen, was i g'rad mit eigene Augen g'sechn hun«, stammelte er erleichtert.

Mark hatte keine Ahnung, was der Landwirt damit meinte. »Korbinian, alles in Ordnung bei dir?«, fragte er.

»Ja freilich, zefix no amol. I hun mi g'rad lei so der'schreckt. Aber des erzähl i dir nacha, wenn i wieder dahoam bin. I g'schlein mi, versprochen«, sagte er.

Die Hütte in den Bergen

Langsam kam Mick wieder zu sich. Das Erste, was er registrierte, waren diese fürchterlichen Kopfschmerzen. Vorsichtig versuchte er, die Augen zu öffnen. Am Anfang war alles noch ganz verschwommen, die Welt drehte sich um ihn herum. Ihm war schwindlig. Zudem hatte er einen eigenartigen Geschmack in Mund und Nase, der einen Brechreiz in ihm auslöste. Er versuchte aufzustehen, doch das war nicht möglich. Erst jetzt bemerkte der Junge, dass seine Hände am Rücken fixiert waren. Er bemühte sich, seine Beine zu bewegen. Auch hier hatte er keine Chance, sie waren ebenfalls zusammengebunden. Wie ein zusammengeschnürtes Paket lag er auf einem Holzboden.

Mick fehlte jegliche Erinnerung, was mit ihm passiert war. Verzweifelt bemühte er sich, seine Gedanken zu ordnen, da holte ihn eine unbekannte männliche Stimme zurück in die Realität.

»Na, schon wieder munter? Die kleine Dosis war doch gar nichts im Vergleich zu dem, was du dir sonst hineinziehst, oder?«, sagte jemand.

Mick fuhr erschrocken zusammen. Dem Jungen gefror sofort das Blut in den Adern. Außerdem verstand er nicht, was der Mann damit meinte. Er drehte vorsichtig den Kopf in die Richtung, aus der die Stimme gekommen war. Er sah direkt in ein blasses Gesicht, dessen Teint durch die weißblonden Haare noch heller wirkte. Einzig die Augen sah er nicht, denn die wurden von einer dunklen Sonnenbrille verdeckt. Trotzdem erinnerte ihn diese Erscheinung sofort an einen Albino.

»Was ist, bist du stumm oder hat dir bloß mein Anblick die Sprache verschlagen? Antworte mir gefälligst, wenn ich dich etwas frage!«, zischte ihn der Mann an.

»Ich ..., wer sind Sie? Ich kenne Sie nicht. Was wollen Sie von mir?«, der Junge sah sich im Raum um, »wo bin ich hier überhaupt?«, presste Mick mit schwacher Stimme hervor.

»Na, sieh einer an, du sprichst ja doch. Wo wir hier sind, erfährst du noch früh genug«, die Gesichtszüge des Mannes versteinerten sich, »So, so. Du erkennst mich also nicht mehr? Wie interessant, dann helfen wir dir einmal auf die Sprünge, damit dein Gedächtnis wieder auf Touren kommt. Ich sage bloß Gewerbegebiet in Zirl, der Anruf bei der Polizei. Na, klingelt es langsam bei dir?«, fuhr er den Jungen an.

Mick schüttelte den Kopf. »Ich habe keine Ahnung, wovon Sie da reden. Ich weiß ja nicht einmal, wo das ist«, antwortete er.

Dem Gangster riss jetzt endgültig der Geduldsfaden. Er versetzte dem Jungen mit dem Handrücken einen kräftigen Schlag ins Gesicht.

Mick schossen die Tränen in die Augen. Er fing an, hemmungslos zu schluchzen. Doch der Albino hatte kein Mitleid mit ihm.

»Diese Flennerei hilft dir nicht weiter. Sag schon, was hast du den Bullen über mich erzählt? Wie wäre es sonst möglich, dass die Polizei den Toten damals noch am selben Tag gefunden hat? Dann tauchst du Monate später wieder auf und siehe da, welch ein komischer Zufall, auf einmal stehen Name und Beschreibung von mir in der Zeitung. Na, wie erklärst du dir das?«, schrie er den Jungen an.

»Ehrlich, ich habe mit niemandem geredet. Ich sehe Sie heute wirklich zum ersten Mal«, Mick sah den Mann verzweifelt an, »was wollen Sie von mir? Ich weiß ja nicht einmal, wo das Gewerbegebiet in Zirl ist. Ich war ja noch nie dort, ich schwöre. Sie verwechseln mich mit jemand anderem. Bitte, lassen Sie mich frei«, stammelte er mit weinerlicher Stimme.

Der Gangster holte mit seiner Hand zum nächsten Schlag aus, da hielt ihn sein Komplize zurück.

»Hör auf damit! Lass den Jungen in Ruhe. Wenn du ihn halb tot prügelst, hilft uns das auch nicht weiter«, stoppte er den Albino.

Der sah ihn wutentbrannt an. Er war kurz davor, seine Faust gegen Carlo zu erheben. Doch er hielt sich im letzten Moment zurück.

»Bist du jetzt völlig irre? Oder was soll dieses plötzliche Mutter Theresa Getue von dir? Auf welcher Seite stehst du eigentlich? Der kleine Junkie lügt wie gedruckt, das hört man doch. Diese Ratte stellt sich blöd und hofft, ich checke das nicht. Aber nicht mit mir!«, schrie ihn der Albino wütend an.

Mick starrte den Mann mit weit geöffneten Augen an. Wo war er hier hineingeraten? Der Junge zitterte am ganzen Körper. Er hatte panische Angst vor dem Fremden. Trotzdem presste er mit tränenerstickter Stimme eine Antwort heraus.

»Warum Junkie? Ich habe noch nie in meinem Leben Drogen genommen. Damit habe ich nichts am Hut. Ich möchte doch Skirennfahrer werden«, schluchzte er.

»Ja, klar. Und ich fahre morgen mit dem Fahrrad hinauf zum Mond. Erzähle diesen Schwachsinn jemand anderem«, lachte der Gangster lauthals auf.

Der Albino erhielt keine Antwort darauf. Der Kopf des Jungen fiel schlaff nach unten. Die ganze Aufregung war zu viel für ihn. Er hatte wieder das Bewusstsein verloren.

Zur selben Zeit kam Korbinian Krug endlich zu Hause auf dem Bauernhof an. So schnell war er mit dem Traktor noch nie den Brunntalweg hinunter gefahren. Mit einer riesigen Fuhre Holz hinten dran schon gar nicht. Es war kurz vor Mittag.

»Mark, i bin wieder z'rugg. Fixsacklzement, bisch du denn wirklich dahoam oder wollt mi am End vorhin epper häggl'n?«, rief er aufgeregt und sprang gleichzeitig vom Traktor.

Im selben Moment öffnete sich die Haustür und Mark kam ihm mit Max im Arm entgegen.

Der Landwirt lief, gefolgt von Gertrud, auf die beiden zu. Freudestrahlend nahm er den Jungen in den Arm.

»Mei Bua, i kunn dir gar nit sag'n, wia froah i bin, dass dir nix passiert isch. I hun schun die gröschte Sorg g'habt, dass du des warsch!«, sagte er mit Tränen in den Augen.

Mark zuckte ahnungslos mit den Schultern. Er hatte noch immer keinen blassen Schimmer, weshalb der Landwirt so aufgeregt war.

»Warum bist du so aus dem Häuschen? Das ist schon seit dem Anruf so. Was war denn da oben los?«, fragte er.

Korbinian Krug erzählte Mark, was er auf der Straße, die hinauf ins Brunntal führt, beobachtet hatte.

»Du bist dir sicher, dass der so ausgesehen hat, wie ich?«, fragte er.

»Ja freilich, zefix no amol. Wenn i dir's sag. Wia wenn's a Zwilling von dir g'wesn war«, antwortete

Korbinian Krug, dabei hüpfte er aufgeregt von einem Bein auf das andere.

Der Gesichtsausdruck von Mark wurde auf einmal ernst. Doch bevor er darauf etwas erwiderte, setzte er zuerst Max behutsam auf dem Boden ab. Dann sah er den Landwirt nachdenklich an.

»Eigenartig. Bevor du nach Hause gekommen bist, hatte ich kurz das Radio an. Dort war von einer Entführung eines Jugendlichen in Oberhofen die Rede. Angeblich ein Nachwuchstalent im Schifahren, haben sie gesagt. Vielleicht hängt das alles damit zusammen«, sagte er.

Im Hintergrund erklang die Uhr am Zirler Kirchturm und schlug die Mittagsstunde ein. Korbinian Krug sah kurz auf.

»Zwölfe, Sakrament no amol! Kimm, Mark. Schalt g'schwind in Fernseher ein. Da miass'n mir glei die Nachrichten schaug'n. Am End bringen sie do eppes drüber«, sagte er aufgeregt.

Ein paar Minuten später hatten sie Gewissheit. In den Kurzmeldungen wurde über eine aktuelle Fahndung der Polizei in Tirol berichtet. Ein junges Ski-Nachwuchstalent aus Oberhofen war seit den frühen Morgenstunden abgängig. Die Spur des Jugendlichen verlor sich auf dem Weg zum Schulbus. Der letzte Hinweis war seine Schultasche, die verlassen an der Haltestelle aufgefunden wurde. Am Ende der Meldung erschien ein Foto des Burschen.

Korbinian Krug sprang in die Höhe. Dabei ruderte er derart aufgeregt mit den Armen, dass er fast das Gleichgewicht verlor.

»Fixsacklzement, was hun i g'sagt. Zefix no amol, des isch der Bua. Der schaugt wirklich haargenau gleich aus wia du, oder?«, rief er.

Mark schüttelte den Kopf. Die Ähnlichkeit war nicht zu übersehen.

»Ich glaube es nicht. Wie ein Klon von mir«, er sah den Landwirt an, »Korbinian, das musst du sofort der Polizei melden!«, sagte er.

»Na, habe die Ehre. A Kriminalfall, und i schun wieder mitten d'rein in der G'schicht. Die Buz wearn Augn mach'n, wenn sie mi seg'n«, schüttelte er den Kopf.

Korbinian Krug zog sein Handy aus der Hose und blätterte das Telefonregister durch.

»Zefix no amol, wo isch denn des lei? I hun die Nummer von die zwoa Vögl doch damals g'schpeichert«, schimpfte er, »ah, da hun i sie ja schun. Unter Buz hun i die boadn eini'tun«, sagte er erleichtert.

Revierinspektorin Claudia Gapp und Gruppeninspektor Ferdinand Buchleitner von der Polizeiinspektion Zirl trafen wenige Minuten später als Erste auf dem Hof des Landwirts ein. Korbinian Krug schilderte ihnen ausführlich, was er vorhin auf der Fahrt vom Brunntal hinunter in den Ort beobachtet hatte. Dabei ruderte er mit den Armen wie ein Olympiaschwimmer und hüpfte gleichzeitig aufgeregt von einem Bein auf das andere.

Eine knappe halbe Stunde später, wimmelte es auf dem Hof nur so von Einsatzfahrzeugen der Polizei. Sogar die Kripo aus Innsbruck war gekommen. Es dauerte nicht lange und Viktor Steinlechner war ebenfalls aufgetaucht. Er hatte von einem befreundeten Polizisten den Tipp bekommen, dass es für ihn hier eventuell eine Geschichte gab.

»Hi, Mark. So schnell sieht man sich wieder«, grinste er und hielt dem Jungen die Hand zum High Five hin.

Der schlug ein. In ein paar knappen Sätzen erzählte er dem Journalisten, was Korbinian Krug beobachtet hatte.

»Ihr beide seid mir langsam unheimlich«, schüttelte Viktor Steinlechner den Kopf, »ihr liefert uns eine Story nach der anderen. Wenn das so weitergeht, verlangt ihr womöglich noch Tantiemen von mir. Ich hoffe aber, das würde dann einigermaßen in einem verträglichen Rahmen bleiben«, grinste er.

»Keine Angst, soweit kommt es sicher nicht. Ganz ehrlich, ich kann es sogar kaum erwarten, dass das alles endlich ein Ende findet und ich wieder meine Ruhe habe. So habe ich mir das Leben eigentlich nicht vorgestellt«, der Junge sah den Journalisten an, »obwohl, irgendwie ist das alles echt spannend. Der Gesuchte auf dem Foto sieht mir wirklich zum Verwechseln ähnlich. Vielleicht kommen wir da zufällig auf etwas drauf, von dem ich bisher nichts wusste«, antwortete Mark.

»Womit wir schon wieder bei der nächsten Story wären«, lachte Viktor Steinlechner und zwinkerte dem

Jungen zu, »ich habe erfahren, dass die Heimleitung morgen von der Polizei zu den Vorfällen befragt wird. Ich halte dich auf dem Laufenden«, sagte er.

Mick öffnete langsam die Augen. Er brauchte eine Weile, bis er sich zurechtfand. Das Knistern von brennenden Holzscheiten ließ ihn den Kopf heben. Im Schwedenofen loderte ein Feuer und warf bizarre Schatten an die Wand, die im Takt der knisternden Flammen tanzten. Eine wohlige Wärme zog durch den Raum. Jetzt kam auch zögerlich die Erinnerung wieder zurück.

Der Geschmack, der einen Brechreiz in ihm hervorrief, bevor er das Bewusstsein verloren hatte, war noch immer in seinem Mund vorhanden. Zum Unterschied von vorhin lag er jetzt nicht mehr auf dem Boden, sondern saß auf einem Stuhl.

Mick versuchte, seine Arme und Beine zu bewegen. Keine Chance, seine Hände waren hinten an die Stuhllehne gefesselt. Ebenso wie die Füße, die jeweils an einem Stuhlbein angebunden waren. Zudem erschwerte ihm ein Knebel das Atmen. Jetzt meldeten sich auch die Kopfschmerzen von vorhin wieder. Er hatte das Gefühl, sein Schädel drohte jede Sekunde zu zerspringen. Der Junge warf einen Blick hinüber zu dem kleinen Fenster, neben der hölzernen Eingangstür. Die rotweiß karierten Stoffvorhänge waren nicht zugezogen, deshalb sah er, dass draußen inzwischen stockfinstere Nacht herrschte. Der flackernde Schein des Feuers im Ofen spiegelte sich in der Fensterscheibe wider. Obwohl sein Kopf schmerzte, sah er sich weiter in dem Raum um, in dem er gefangen gehalten wurde. Der kargen Einrichtung nach zu urteilen wurde er in einer Hütte festgehalten, wie man sie vielfach in den Tiroler Bergen vorfindet. Dass kein Laut von draußen zu hören war, bestätigte diese Vermutung.

Langsam drehte der Junge seinen Kopf weiter in die Richtung, aus der ein lautes Schnarchgeräusch kam. In der Zwischenzeit hatten sich seine Augen etwas besser an die Dunkelheit gewöhnt. Mick erkannte seinen Peiniger von vorhin, der ihn an einen Albino erinnert hatte.

Der Mann lag auf einem hölzernen Bett und schlief. Trotz der Ernsthaftigkeit der Situation huschte ein kurzes Grinsen über Micks Lippen. Sogar im Schlaf trug der Gangster seine dunkle Sonnenbrille. Sie war ihm zwar quer über das Gesicht gerutscht, doch das merkte der Mann nicht. Die ganze Zeit gab er bloß Töne von sich, wie sie Mick noch nie zuvor gehört hatte. Zwei leere Schnapsflaschen, die auf dem Boden lagen, dazu der penetrante Geruch nach Alkohol, der in der Luft hing, lieferten die Erklärung dafür.

Der Junge versuchte, das zu ignorieren, und sah sich weiter um, denn seiner Erinnerung nach, hatte er noch die Stimme eines zweiten Mannes gehört. Außer ihnen beiden war aber niemand zu sehen. Sie schienen, alleine zu sein.

Vorsichtig versuchte er, seine Arme zu bewegen. Mit einem leichten Druck zog er an den Fesseln. Die

Fasern schnitten schon bald in seine Haut ein. Der Junge spürte, wie ihm Blut über die Hände lief, aber er ließ nicht locker. Mick hatte jegliches Zeitgefühl verloren. Deshalb wusste er nicht, wie lange er schon an dem Seil gezerrt hatte. Doch auf einmal fühlte sich alles irgendwie anders an. Vorsichtig zog er ein weiteres Mal daran. Tatsächlich, er hatte sich nicht getäuscht.

Die Fesseln waren etwas lockerer. Der Junge schloss die Augen und konzentrierte sich. Er holte tief Luft, dann wagte er den nächsten Versuch. Im ersten Moment erschrak er fast ein wenig, doch seine rechte Hand war auf einmal frei. Mick ballte seine Finger mehrmals hintereinander zu einer Faust. Langsam kehrte das Blut wieder bis in die Fingerspitzen zurück. Der Junge warf einen raschen Blick hinüber zum Albino. Zu dem alkoholgeschwängerten Geruch, der in der Luft lag, war inzwischen ein weiterer, penetrant riechender Gestank dazugekommen. Mick erhielt sofort eine Antwort darauf. Der Gangster hatte sich im Schlaf erbrochen. Völlig weggetreten lag er in seinem eigenen Dreck auf dem Bett und rührte sich nicht.

In der Zwischenzeit hatte Korbinian Krug die Polizisten zu der Stelle geführt, wo er den Fiat Panda mit dem Jungen an Bord vor wenigen Stunden gesehen hatte. Die Eltern von Mick waren auch mitgekommen. Mark war ebenfalls dabei. Er stand etwas abseits und unterhielt sich mit Claudia Gapp und Ferdinand Buchleitner. Neben ihm lag Gertrud auf dem Boden und ließ sich von dem ganzen Auflauf, rund um sie herum, nicht aus der Ruhe bringen. Doch auf einmal zuckte sie erschrocken zusammen. Micks Mutter hatte Mark entdeckt und einen schrillen Schrei ausgestoßen. Im ersten Moment hatte sie tatsächlich gemeint, ihren Sohn vor sich zu sehen. Schluchzend fiel sie ihrem Mann um den Hals.

»Ich bete, dass wir unseren Jungen wieder heil zurückbekommen«, sie hob den Kopf und sah ihm tief in die Augen, »dann sagen wir Mick die Wahrheit«, stammelte sie verzweifelt.

Mark versuchte, zu verstehen, was das zu bedeuten hatte. Er kniete sich zu Gertrud nieder und streichelte die Hündin am Nacken.

»Hast du vielleicht eine Erklärung, warum sie mich alle mit dem gesuchten Jungen verwechseln?«, sagte er, doch auf einmal hielt er inne.

Mark sprang auf und sah die beiden Polizisten fragend an. »Ich hatte gerade eine Idee! Vorhin hat jemand gesagt, dass Micks Schultasche gefunden wurde. Habt ihr die zufällig dabei?«, fragte er.

Revierinspektorin Claudia Gapp nickte, »ja sicher, das ist ein wichtiges Beweisstück. Die Kollegen von der Kripo haben sie. Warum fragst du?«, wollte sie wissen.

Mark zeigte auf die Hündin, »wir lassen Gertrud daran riechen. Vielleicht führt sie uns mit ihrer Spürnase zu ihm«, sagte er.

Die beiden Polizisten nickten, »ja, das ist eine gute Idee«, Ferdinand Buchleitner sah seine Kollegin an,

»fragst du bitte einmal bei den Kollegen von der Kripo nach, wo die Schultasche ist?«, bat er sie.

Inzwischen war Korbinian Krug wieder zu seiner Höchstform aufgelaufen. Mit weit ausladenden Handbewegungen schilderte er der Polizei, was er gesehen hatte. Dabei hüpfte er vor ihnen herum, wie ein Zirkusmops in der Manege.

»Fixsacklzement, mir war dös z'erscht gar nit aug'falln. Aber der damische Aff hat mir deppert mit die Händ deitet, dass i mitsamt meiner Holzfuhr zrugg'fahrn sollt. Schtellt's enk dös bittschian vor. Nacha hat's bei mir Granada g'spielt. Was moant denn der blede Laggl, wer er isch, zefix no amol, hun i mir denkt. Wia i bei dem kloan Grattn vorbeig'fahren bin, sich i auf oanmol den Buabm hinten hocken«, der Landwirt sah die Beamten an, »i brauch enk eh nit sag'n, wia's mi g'rissn hat, wia i g'segn hun, dass der gleich ausschaugt wia der Mark. In Rest von der G'schicht kennt's eh. Jedenfalls isch des alles aufregender wie beim Tschems Bond. Langsam kim i mir fascht selber vor wia a Geheimagent!«, rief er.

Die Polizisten bedankten sich bei dem Landwirt und leuchteten die Stelle mit ihren Taschenlampen aus. Die Spuren, die Korbinian Krug mit seinem Traktor beim Vorbeifahren hinterlassen hatte, waren selbst jetzt, Stunden später, noch deutlich im lockeren Erdreich des Straßenbanketts zu sehen. Dann geschah auf einmal etwas, mit dem niemand gerechnet hatte.

Durch die Bäume hindurch waren die Scheinwerfer eines talwärts fahrenden Autos zu sehen. Die Lichter kamen rasch in ihre Richtung näher. Die Polizisten traten einen Schritt zur Seite, um den Wagen vorbeizulassen.

Die Fährte

Mick atmete tief durch, dabei sah er auf seine Hände. Er konnte es kaum fassen, doch er hatte es tatsächlich geschafft, sich von den Fesseln zu befreien. Der Junge wartete kurz, dann löste er nacheinander die Knoten, mit denen seine Füße an die Stuhlbeine angebunden waren. Er ließ die Seile langsam auf den Boden gleiten. Mick warf einen raschen Blick zu dem Gangster hinüber.

Der Albino schlief noch immer seinen Rausch aus. Trotzdem war der Junge auf der Hut. Vor allem, weil der Mann mit seiner rechten Gesichtshälfte in seinem eigenen Erbrochenen lag. Die Gefahr, dass er davon auf einmal aufwachte, stieg jetzt mit jeder Sekunde. Außerdem war der zweite Gangster noch immer verschwunden. Es war nicht auszuschließen, dass dieser ebenfalls wieder in der Hütte auftauchte.

Mick war deshalb klar, dass er nur einen einzigen Fluchtversuch hatte. Zum Glück hatten ihm die Männer seine Kleidung, mitsamt dem warmen Hoodie mit Kapuze und den Sneakers angelassen. Vorsichtig setzte er den rechten Fuß auf den Holzboden. Ganz langsam verstärkte er den Druck auf der hölzernen Diele. Zu seiner Überraschung trug sie sein Gewicht, ohne ein Geräusch zu verursachen. Er setzte mit dem linken Fuß nach. Auch hier verlief alles problemlos.

Zentimeter um Zentimeter tastete sich der Junge weiter in Richtung der Tür. Er hatte keine Ahnung, ob es Unkonzentriertheit oder doch einfach bloß Leichtsinn war, denn in dem Moment, als Mick seinen Fuß auf die vorletzte Diele setzte, gab diese auf einmal ein laut knarrendes Geräusch von sich.

Für den Bruchteil einer Sekunde erstarrte er in seiner Bewegung. Er warf einen raschen Blick hinüber zum Albino. Wie ein Raubtier schoss der Mann instinktiv in die Höhe und rückte seine Sonnenbrille zurecht. Dabei sah er in die Richtung, in der Mick stand.

»Hey, du Ratte! Warum sitzt du nicht mehr auf dem Stuhl, an den ich dich gefesselt habe«, lallte der Mann.

Der Junge setzte jetzt alles auf eine Karte. Mit einem gewaltigen Satz sprang er hin zur Tür und drückte die Klinke hinunter. Doch nichts bewegte sich.

»Abgeschlossen, so ein Mist! Ich komme hier nicht hinaus«, fuhr es ihm durch den Kopf.

Im Hintergrund hörte Mick, wie der Albino versuchte, auf die Beine zu kommen. Der Junge sah sich verzweifelt nach einem Ausweg um. Sein Blick blieb an dem Fenster neben der Tür hängen. Er zögerte keine Sekunde und sprang praktisch aus dem Stand durch die geschlossene Scheibe. Wie durch ein Wunder trug er durch die Scherben, bis auf ein paar kleine Kratzer, keine Schnittwunden davon. Am Boden aufgekommen, rollte er sich geschmeidig wie eine Katze ab, dann rannte der Junge blitzschnell in die Dunkelheit.

Zweige peitschten in sein Gesicht und rissen seine Wangen blutig, doch Mick ließ sich dadurch nicht aufhalten. Er lief weiter, immer tiefer in den Wald hinein, um den Abstand zur Hütte so schnell wie möglich zu vergrößern.

Die Bestätigung dafür bekam er sofort. Hinter ihm waren schon die wütenden Schreie des Gangsters zu hören, doch die wurden langsam immer leiser. Das spornte den Jungen bloß an, noch schneller zu rennen. Mick hatte keine Ahnung, wo er hier war und in welche Richtung er überhaupt lief. Er hatte die Orientierung komplett verloren. Selbst der Mond half ihm in dieser Nacht nicht weiter. Der versteckte sich hinter den dichten Wolken, die der Föhn, der seit ein paar Tagen durch das Land jagte, über den Himmel trieb.

Erst gestern hatte sich Mick noch darüber beschwert, dass der warme Wind seine geliebte weiße Pracht, bis in die Höhen wegschmelzen ließ, die sonst als schneesicher galten. Doch in dieser Nacht stieß der Junge ein Dankesgebet hinauf zum Himmel, dass der Föhn gerade jetzt über das Land fegte. Würde Schnee liegen, was um diese Jahreszeit in den Bergen normal war, wäre es für den Gangster ein Kinderspiel gewesen, seinen Spuren zu folgen. Dann hätte der Mann wahrscheinlich ein leichtes Spiel mit ihm gehabt.

Obwohl Mick irgendwie das Gefühl hatte, bergauf zu laufen, rannte er einfach weiter. Er hatte keine Ahnung, wie lange es her war, seit er durch das Fenster der Hütte gesprungen war, eine Viertelstunde, eine Stunde? Er wusste es nicht. Seinem Körper nach zu urteilen, war es schon ziemlich lange her. Sein Herz raste und die Lungen fingen jetzt langsam an zu brennen, trotzdem gab er nicht auf und presste die letzten Reserven aus sich heraus. Dann wendete sich auf einmal das Blatt.

Der Junge bekam einen großen Ast mitten in das Gesicht und verlor kurz die Konzentration. Nahezu im selben Moment merkte er, wie seine Füße ins Leere traten. Mick stürzte ins Bodenlose. Für ihn verging eine halbe Ewigkeit. Verzweifelt ruderte er mit den Armen, doch er fand nirgendwo Halt. Dann schlug er hart mit dem Körper auf dem Boden auf.

Durch den Aufprall verlor er kurz die Besinnung. Nachdem er wieder in der Lage war, einen halbwegs klaren Gedanken zu fassen, versuchte er aufzustehen. Er hatte keine Chance. Sein rechtes Bein schmerzte wie verrückt. Schon bei der kleinsten Bewegung hatte er das Gefühl, als würde ihm jemand ein Messer in das Fleisch rammen. Mick hatte sich bei dem Sturz nicht nur heftig den Kopf angeschlagen, sondern auch die Kniescheibe ausgerenkt.

Ein Weiterkommen war im Moment unmöglich. Rund um ihn herum herrschte stockfinstere Nacht. Sein Schädel dröhnte. Verzweifelt irrten seine Augen auf der Suche nach einem Versteck umher. Doch weit und breit war nichts zu erkennen. Die Dunkelheit hüllte den Jungen völlig ein.

Das talwärts fahrende Auto kam inzwischen immer näher. Der Wagen hatte das Fernlicht an, sodass er weithin sichtbar war. Nachdem das Fahrzeug die letzte Kurve passiert hatte, hielt Revierinspektorin Claudia Gapp die Kelle in die Höhe und schwenkte sie, damit der Wagen anhielt. Das aufgeblendete Licht blendete. Deshalb erkannte zu diesem Zeitpunkt noch niemand, wer überhaupt in dem Auto saß. Auf einmal reagierte die Lenkerin oder der Lenker. Doch anstelle den Wagen anzuhalten, heulte der Motor schrill auf. Der Fiat Panda raste direkt auf die Polizistin zu.

Geistesgegenwärtig sprang Claudia Gapp zur Seite und hechtete mit einem gewaltigen Sprung, der einer Stabhochspringerin zur Ehre gereicht hätte, in ein Gebüsch. Haarscharf verhinderte sie so im letzten Moment, dass sie von dem Auto erfasst wurde. Die anderen Polizisten brachten sich ebenfalls in Sicherheit. Nur Korbinian Krug zeigte sich von alldem völlig unbeeindruckt. Er hatte den Fiat Panda sofort wiedererkannt. Mutig stellte sich der Landwirt dem Kleinwagen mit weit ausgestreckten Armen in den Weg.

»Fixsacklzement, bleib schtian, du Depp! Mir zwoa hab'm sowieso von heut no a Rechnung offen. Aber dös isch im Moment nit wichtig. Und iatzt aussi aus dem Gratt'n, sinscht kriagsch a Watschn, dass es dir für die nägscht'n Wochen die Ohrwaschel zua'schnellt«, schrie er wütend und wich keinen Millimeter auf die Seite.

Die Polizisten riefen dem Landwirt zu, dass er sich in Sicherheit bringen soll. Doch der dachte gar nicht daran, sondern sprang dem Auto entgegen und riss die Fahrertür des Wagens auf.

»Zefix, was schaugt's denn es alle so bled drein wia a Kalbl, des ma auf der Wies'n vergessn hat. Helft's mir lieber. Des isch der Gratt'n, von dem i heit schun die ganze Zeit red. In der letzen Leibschissl war der Bua, den es alle suacht's, hinten drein«, rief er hinüber zu den Polizisten.

Jetzt kam endlich Bewegung in die Beamten. Sie stürmten auf den Wagen zu und drängten den Landwirt auf die Seite. Dann zogen sie den Mann aus dem

Kleinwagen. Der setzte sich zuerst mit aller Kraft zur Wehr. Doch gegen die Polizisten hatte er keine Chance. Nachdem sie ihn gesichert hatten, fixierten sie ihm seine Hände vorsichtshalber mit Handschellen am Rücken.

»Was hat das zu bedeuten? Das hier ist Freiheitsberaubung! Ich werde Sie verklagen. Eine bodenlose Frechheit, einen unbescholtenen Bürger so zu behandeln«, der Gangster sah Korbinian Krug wutentbrannt an, »und halten sie mir diesen durchgeknallten Idioten vom Leib. Sehen Sie sich einmal seine komische Aufmachung an. Kariertes Hemd und breitkrempiger Filzhut, genauso wie man sich einen Depp vom Land vorstellt. Der Mann hat sie doch nicht mehr alle«, schrie er die Polizisten an.

Trotz der Dunkelheit sah man deutlich, wie der Landwirt bei dieser Meldung einen hochroten Kopf bekam.

»Was hasch du grad g'sagt, du bluatarms Mandl du? I lupf di glei aus die Schuach, wenn no amol dein bleds Maul au'machsch. Aber davor schmier i dir oane, dass'd moansch, a Fliager hat di g'schtroaft, du Depp, du elendiger«, Korbinian Krug sprang wutentbrannt von einem Bein auf das andere, »Idiot sagt des Krischbele zu mir. I glab's ja gar nimmer. Dem wear i's aber geb'm!«, rief er aufgebracht.

Jetzt wurde es den herbeigeeilten Polizisten zu viel. Gruppeninspektor Ferdinand Buchleitner legte dem tobenden Landwirt besänftigend seine Hand auf den Arm und zog den Mann auf die Seite.

»Beruhigen Sie sich bitte, Herr Krug. Hier bekommt weder jemand eine Ohrfeige, noch wird er aus den Schuhen gehoben«, er sah ihn mit einem strengen Blick an, »danke für Ihre Hilfe, aber wir übernehmen das jetzt, haben Sie mich verstanden?«, meinte er.

Korbinian Krug nickte mit gesenktem Kopf. Dann sah er den Polizisten an. Er war gerade dabei, etwas darauf zu antworten, da wurden sie unterbrochen.

»Vorhin hat jemand nach der Schultasche des Gesuchten gefragt. Hier ist sie«, sagte ein junger Polizist und drückte sie Ferdinand Buchleitner in die Hand.

»Zefix, auf des hätt i iatzt glatt vergessen«, Korbinian Krug sah sich suchend um, »Mark, kimm gach mit der Gertrud her«, rief er, nachdem er den Jungen erblickt hatte.

»Was gibt es denn Dringendes?«, fragte der, als er mit der Hündin an der Leine neben den beiden Männern stand.

»Mir ham grad die Schualtaschn von dem Buabm kriagt«, er deutete zu Ferdinand Buchleitner, der die Tasche in der Hand hielt, »du hasch ja z'erscht g'moant, dass die Gertrud amol drun schmecken sollt. Vielleicht ham mir ja a Glück und sie nimmt wirklich die Fährte von dem Buabm auf«, sagte er.

Mark ließ die Hündin an Micks Schultasche riechen. Zuerst schnupperte sie nur zaghaft, doch dann schnüffelte sie immer intensiver daran. Dabei wedelte sie aufgeregt mit dem Schwanz. Auf einmal fing sie an zu bellen und zog heftig an der Leine. Mark hatte alle Mühe, sie zurückzuhalten.

Dann sprinteten sie gemeinsam los. Gertrud steuerte geradewegs auf den Fiat Panda zu. An der hinteren Tür sprang sie auf die Hinterbeine und kratzte mit den Vorderpfoten wie wild an der Scheibe. Aufgeregt bellte sie in den leeren Wagen hinein.

»Was hun i enk g'sagt. So schiach wia die tuat, isch der Bua ganz sicher in dem Auto da drein'hockt. Genauso, wia i's g'sechn hun!«, rief Korbinian Krug aufgeregt.

Zwei Polizisten hatten den Gangster jetzt ebenfalls zu seinem Wagen geführt. Der Mann sah finster drein.

»Ich kenne meine Rechte, also setzen Sie mich nicht unnötig unter Druck. Ohne meinen Anwalt sage ich gar nichts zu euch Bullen«, sagte er.

»Niemand behauptet, dass Ihnen das nicht zusteht. Aber Sie sehen ja selbst, wie der Hund anschlägt. Wir untersuchen jetzt den Wagen. Wenn wir etwas finden und sei es nur ein einziges Haar, lassen wir das sofort im Labor überprüfen. Falls die DNA mit dem Jungen übereinstimmt, möchte ich lieber nicht in Ihrer Haut stecken«, Ferdinand Buchleitner sah den Gangster an, »Entführung eines Minderjährigen, das bringt locker ein paar Jahre im Gefängnis ein. Ich hoffe nur, dass der Junge noch am Leben ist. Wenn Sie es sich aber überlegen, mit uns zu kooperieren, könnte ich gerne darüber nachdenken, ob ich beim Staatsanwalt ein gutes Wort für Sie einlege«, sagte er.

Der Gangster sah den Polizisten erschrocken an. Seine Selbstsicherheit, die er noch vor ein paar Augenblicken an den Tag gelegt hatte, war verflogen. Dem Mann war deutlich anzusehen, dass es heftig in seinem Kopf arbeitete. Dann fing die Fassade auf einmal an zu bröckeln. Bei dem Gangster brachen sämtliche Dämme.

»Okay, ich verlasse mich auf Ihr Wort. Ich werde Ihnen alles sagen, was ich weiß. Dafür sprechen Sie mit dem Staatsanwalt«, stammelte er den Tränen nahe.

Carlo beschrieb Ferdinand Buchleitner genau, wo die Hütte war, die er von seinem Großvater geerbt hatte. Er warnte ihn auch eindringlich, dass sein Komplize dort war.

»Bitte passen Sie auf. Sven kommt aus dem ehemaligen Osten Deutschlands. Er hat eine andere Schule durchwandert, als wir alle zusammen. Außerdem ist er bewaffnet und schreckt vor nichts zurück. Es wäre nicht der erste Mord, der auf sein Konto geht«, sagte er kleinlaut.

»Wie, Mord? Ich verstehe nicht, der Junge ist doch noch am Leben, oder?«, der Polizist sah den Mann an, »wie haben Sie das eben gemeint?«, fragte er.

Jetzt war das Eis endgültig gebrochen. Der Gangster schilderte den Beamten in ein paar knappen Sätzen, was sich seit letztem Juni zugetragen hatte.

Nachdem er das gehört hatte, trieb Ferdinand Buchleitner seine Kollegen zur Eile an. Keine zehn Minuten später, kamen sie an die Stelle, wo Carlo den

Fiat Panda nach der Entführung des Jungen hinter den Bäumen abgestellt hatte. Den restlichen Weg legten sie zu Fuß zurück. Kurz vor dem Ziel schwärmten die Polizisten aus und umstellten die Hütte.

In der Zwischenzeit nahmen zwei Beamte den Gangster in ihre Mitte und führten ihn zurück zum Weg, wo das Polizeiauto stand. Für Carlo war die Reise hier zu Ende. Er wurde zur weiteren Vernehmung nach Innsbruck gebracht.

Claudia Gapp und Ferdinand Buchleitner waren indes mit Mark, der Gertrud noch immer an der Leine hielt, Korbinian Krug und den Eltern von Mick in sicherem Abstand zurückgeblieben. Viktor Steinlechner, der Journalist, hatte sich ebenfalls zu der kleinen Gruppe gesellt. Die Beamten der Kripo hatten ihm aus Sicherheitsgründen verboten, mit ihnen mitzugehen.

Obwohl es rings um sie herum stockdunkel war, starrten alle wie gebannt hinauf zur Hütte, die etwas oberhalb lag. Die Minuten verrannen träge. Von einem positiven Ausgang bis hin zu den schlimmsten Befürchtungen rechneten sie mit allem. Dennoch zuckten sie auf einmal erschrocken zusammen, als die Tür mit einem Ruck aufgerissen wurde.

»Negativ, hier ist niemand«, hörten sie einen der Polizisten rufen, der vorhin gemeinsam mit den anderen in der Hütte verschwunden war.

Kurz darauf standen alle in dem kargen Innenraum versammelt. Zweifellos hatte sich unlängst noch jemand hier aufgehalten. Im Schwedenofen loderte noch zaghaft ein Feuer. Auf dem Boden lagen zwei leere Schnapsflaschen. Das Bett war vor kurzem benutzt worden. Auf dem zerknitterten Leintuch waren zudem die Überreste von Erbrochenem zu sehen. Die meisten Polizisten drehten sich angeekelt ab, doch gleich darauf sahen sie sich erschrocken zu Mark um.

»Seht einmal, die Seile am Boden, dazu der Stuhl. Vielleicht war Mick hier festgebunden. Komm Gertrud, riech und nimm seine Fährte auf. Dann machen wir beide uns gleich auf den Weg«, rief der Junge.

Das »Gnaumpenloch«

Mick krümmte sich am Boden. Seine Schmerzen waren derart groß, dass er kaum noch Luft bekam. Er wusste nicht, wie lange er schon bewegungslos hier lag. Es kam ihm wie eine halbe Ewigkeit vor. Sein Knie brannte wie Feuer. Dazu schwoll es immer mehr an.

»Ich muss unbedingt von hier weg. Wenn der Albino mich hier findet, bin ich geliefert«, fuhr es ihm durch den Kopf.

Der Junge biss die Zähne zusammen und versuchte, langsam von der Stelle, wo er auf dem Boden aufgeschlagen war, wegzukriechen. Für einen kurzen Augenblick trat der Mond durch die dichte Wolkendecke hervor und tauchte die Umgebung um ihn herum für ein paar Sekunden in milchig weißes Licht. Das genügte dem Jungen, um zu sehen, dass er mitten auf einer Lichtung lag. Links von ihm sah er kurz den Felsen, den er vorhin heruntergestürzt war.

Das rettende Gebüsch, das er suchte, war auf der rechten Seite. Mick hielt die Luft an und robbte Zentimeter um Zentimeter darauf zu. Wenn er es schaffte, bis dorthin zu gelangen, bot das ein ideales Versteck für ihn, und er war zumindest vorübergehend vor dem Mann sicher.

Auf einmal jagte dem Jungen ein kalter Schauer über den Rücken. Nicht weit von ihm entfernt, sah er kurz das grelle Licht einer LED Taschenlampe aufleuchten. Der Lichtstrahl irrte zuckend herum und wurde dabei von den Bäumen gebrochen, die er anstrahlte.

Mick sackte kraftlos in sich zusammen. Ihm war sofort klar, was das für ihn bedeutete. Der Gangster kam immer näher. Wenn er jetzt in seine Richtung abbog, war er verloren.

Der Junge starrte wie gebannt auf die Stelle, wo er das Licht kurz aufblitzen gesehen hatte. Es war nichts mehr zu sehen. Hatte er sich vielleicht doch getäuscht? Verzweifelt lauschte er in die stockdunkle Nacht. Aber bis auf das Rauschen des Föhnsturmes, der noch immer durch den Wald fegte, war kein Laut zu hören.

Dann zuckte er auf einmal zu Tode erschrocken zusammen. Mick hatte alles erwartet. Dass der Gangster aber bereits direkt neben ihm stand, damit hatte er nicht gerechnet.

»Na, Kleiner. So schnell sieht man sich wieder. Du hast wohl geglaubt, du entkommst mir? Nein, mein Junge. So einfach überlistet man den alten Sven nicht. Die Überraschung ist mir geglückt, oder?«, grinste ihn der Albino hämisch an.

Micks Kopf fuhr zu Tode erschrocken herum. Geblendet hielt er seine Hand vor die Augen, weil ihm der Gangster mit der Taschenlampe mitten in sein Gesicht leuchtete.

»Bitte! Helfen Sie mir. Ich bin verletzt und kann nicht mehr aufstehen«, stammelte Mick verzweifelt und deutete auf sein Knie.

Der Gangster lachte laut auf. Gleichzeitig packte er den Jungen hinten an seinem Hoodie und riss ihn mit einem Ruck in die Höhe.

Micks Knie brannte wie Feuer. Ein bislang nicht gekannter Schmerz durchfuhr seinen Körper. Er schrie laut auf, doch der Albino zeigte keine Gefühlsregung.

»Natürlich helfe ich dir. Hätte der junge Herr vielleicht auch gerne eine Wohlfühlmassage von einer knackigen Physiotherapeutin dazu gebucht? Kein Problem, die Dame ist schon auf dem Weg zu uns. Sie wird gleich hier sein«, zischte ihn der Mann zynisch an.

Er zerrte Mick mit aller Gewalt hinüber zu dem Felsen, den der Junge vorhin hinuntergestürzt war.

Trotz seiner Schmerzen sah er im Licht der Taschenlampe, welches Glück er gehabt hatte. Wäre sein Sturz nur zwei Meter weiter links verlaufen, hätte ihn das dunkle Loch, das ins unendliche Nichts zu führen schien, verschluckt. Der Junge zitterte vor Angst, dabei starrte er in den schwarzen Schlund hinunter. Die schneidende Stimme des Gangsters riss ihn wieder aus seinen Gedanken heraus.

»Na, das hier passt doch bestens. Ein netter Ort, um der Welt lebwohl zu sagen. Aber vorher erzählst du mir noch, was du damals draußen beim Gewerbegebiet gesehen hast. Das spielt zwar keine große Rolle mehr, weil ich dich ohnehin gleich umlege, aber es ist bloß für meine Kopfbuchhaltung wichtig, damit dieses Kapitel für mich abgeschlossen ist«, zischte der Albino.

Mick zuckte zu Tode erschrocken zurück. Der Gangster hatte auf einmal eine Pistole in der Hand. Die Mündung der Waffe war genau auf ihn gerichtet.

»Na, was ist! Erzähl schon, dann setzen wir der Sache endlich ein Ende, damit ich wieder meine Ruhe finde«, forderte ihn der Mann auf.

Die Gedanken in Micks Kopf überschlugen sich. Er hatte keine Chance mehr. Der Gangster würde ihn töten, so viel war klar.

»Schießen Sie! Mir ist das alles scheißegal. Ich habe Ihnen schon in der Hütte gesagt, dass ich keine Ahnung habe, von welchem Gewerbegebiet Sie sprechen, weil ich noch nie dort war. Aber das spielt jetzt ja ohnehin keine Rolle mehr. Versprechen Sie mir nur, dass es schnell geht«, flüsterte er kaum hörbar.

»Deine Entscheidung, du willst es ja nicht anders«, grinste der Gangster und hob dabei die Pistole.

Micks kurzes Leben lief wie ein rasend schneller Film vor seinem geistigen Auge ab. Es gab so viele Pläne, die er noch gerne umgesetzt hätte. Seine Eltern tauchten auf, Bilder aus der Kindheit, sein geliebtes Skifahren. Dann erschien auf einmal das Gesicht seiner Klassenkameradin Mirjam. Das Mädchen, in das er heimlich verliebt war. Wie gerne hätte er ihr das noch selbst gesagt. Dafür war es jetzt leider zu spät. Er würde sie alle nie mehr wiedersehen. Aus der Ferne registrierte Mick, dass der Albino die Pistole entsicherte. Damit waren seine Chancen, doch noch heil aus dieser Sache herauszukommen, fast gegen null gesunken.

Seine Augen füllten sich mit Tränen. Wie in Zeitlupe sah er durch einen dichten Schleier, dass der Gangster die Waffe auf seine Stirn richtete. In seinen Gedanken malte er sich bereits auf, wie es sich wohl anfühlte, wenn die Kugel in seinen Kopf eindrang.

Der Junge wollte gerade die Augen schließen, da nahm er auf einmal von der Seite einen dunklen Schatten wahr, der blitzschnell wie aus dem Nichts auftauchte. Dann überschlugen sich die Ereignisse.

Er hörte von der Ferne, wie jemand laut den Namen Gertrud rief. Doch Mick starrte nur wie gebannt auf den schwarzen Hund, der den Albino knurrend angesprungen hatte.

Der Gangster erschrak und riss gleichzeitig instinktiv die Hände schützend nach oben, als ihm der Hund auf die Brust sprang. Dabei verlor er seine dunkle Sonnenbrille. In diesem Moment löste sich ein Schuss aus der Pistole. Ein lauter Knall peitschte durch die, vom Föhnsturm gebeutelte, Nacht. Mick sah, wie ihn der Albino mit weit aufgerissenen Augen anstarrte.

»Was hat das auf einmal zu bedeuten?«, schien ihn der Mann zu fragen.

Beim Versuch, den Hund abzuwehren, taumelte der Gangster ein paar Schritte nach hinten. Es folgte ein markerschütternder Schrei, der Mick bis in die Glieder fuhr. Dann verschwand der Albino vor seinen Augen in dem schwarzen Schlund.

Der Junge sank völlig entkräftet zu Boden. Er zitterte am ganzen Körper. Am liebsten hätte er die Augen geschlossen, doch er spürte, wie etwas Feuchtes über sein Gesicht strich. Es fühlte sich angenehm warm an.

»Gertrud! Aus und her zu mir«, hörte er jemanden rufen.

Mick drehte den Kopf und sah in die Richtung, aus der die Stimme kam. Im ersten Moment dachte er, seine Augen spielten ihm einen Streich.

»Mann, das war echt knapp. Wenn Gertrud nicht so schnell reagiert hätte, wärst du jetzt wahrscheinlich tot«, sagte ein junger Bursche in seinem Alter, der ihm zudem wie aus dem Gesicht geschnitten war.

»Hi, ich bin Mark«, der Jugendliche zeigte auf den schwarzen Hund, der mittlerweile seelenruhig neben ihm saß, »das ist Gertrud. Sie ist ein Malinois, das ist ein belgischer Schäferhund. Sie hat deine Fährte aufgenommen und dich gefunden. So wie es aussieht, hat sie dir, glaube ich zumindest, gerade das Leben gerettet«, grinste er.

Mick sah den Jungen verwirrt an. Tausende Fragen schwirrten durch seinen Kopf. Doch er war im Moment noch nicht in der Lage, einen halbwegs klaren Gedanken zu fassen.

»Danke! Wenn ihr nicht gekommen wärt, wäre ich jetzt wahrscheinlich tot«, war alles, was er herausbrachte.

Die beiden wurden unterbrochen. Ein aufgeregtes Gewirr an Stimmen war zu hören. Sie kamen rasch in ihre Richtung näher.

»Fixsacklzement! Iatzt g'schleints enk amol. Des isch ja koa Seniorenausflug. Do ent'n sein die boad'n Buabm. Die Gertrud hockt a bei ihnen«, hob sich die markante Stimme von Korbinian Krug deutlich von den anderen ab.

Die Lichter der vielen Taschenlampen zuckten durch die Bäume. Wenige Augenblicke später trafen alle gemeinsam bei Mick und Mark auf der Lichtung ein. Der Blick des Landwirts wechselte verwundert zwischen den beiden Jungs hin und her, dabei leuchtete er sie abwechselnd mit seiner Lampe an.

»Zefix, i glab's gar nimmer. Schpinn i, oder bin in b'soffn, obwohl i überhaupt nix trunken hun. Die zwoa Buab'm schaug'n ja komplett gleich aus. Wia wenn's Zwillingsbriader waren. Ja, gibt's denn des? So eppes hun i no nia g'sechn«, schüttelte er den Kopf.

Er hatte Recht. Die beiden Jugendlichen sahen sich zum Verwechseln ähnlich.

»Mick, mein Junge! Gott sei Dank, du lebst«, Micks Mutter löste sich aus der Gruppe und lief zu ihrem Sohn.

»Nicht so fest, Mama! Ich habe mich am Knie verletzt. Der Fuß lässt sich nicht mehr ausstrecken«, sagte er, als sie ihn an sich drückte.

Mick zeigte mit schmerzverzerrtem Gesicht auf sein geschwollenes rechtes Bein.

»An Doktor! Fixsacklzement, mir brauchen gach an Doktor. Der Bua da isch verletzt«, rief Korbinian Krug in die Menge.

Claudia Gapp lief hin zu Mick. Die Polizistin kniete sich nieder und tastete vorsichtig das Kniegelenk ab.

»Die Kniescheibe ist ausgerenkt. Dein Bein muss jetzt zuerst einmal ruhiggestellt werden«, sie sah sich zu der Gruppe um, »seht bitte nach, ob ihr ein paar passende Holzstücke findet. Wir bauen damit eine behelfsmäßige Schiene für das verletzte Bein. Wir haben keine Trage dabei. Beiß bitte deshalb noch einmal die Zähne zusammen, bis wir oben beim Weg sind. Die Kollegen stützen dich. Sobald du im Auto bist, fahren sie gleich mit dir in das Krankenhaus«, sagte sie ruhig zu dem Jungen.

Kurz darauf fixierten sie Micks Kniegelenk mit dem Holz und einigen Mullbinden, die jemand dabeihatte. In der Zwischenzeit schilderte ihnen der Junge, was passiert war. Die Umstehenden schüttelten alle ihre Köpfe.

Die Entführung hatte also nicht Mick, sondern Mark gegolten. Er war also das Opfer einer Verwechslung.

Inzwischen leuchtete Korbinian Krug mit der Taschenlampe die Umgebung ab. Gertrud wich ihm dabei nicht von der Seite.

Auf einmal blieb der Landwirt wie angewurzelt vor dem Abgrund stehen, in den der Albino gefallen war.

»Und du sag’sch, der Gängschta isch da oui g’falln?«, er sah hinüber zu Mick.

Der nickte. »Ja, der Hund hat sich auf ihn gestürzt, dabei hat er seine Sonnenbrille verloren«, der Junge sah sich suchend um, »hier liegt sie ja«, er zeigte auf die Stelle, wo die Brille lag, »er hat versucht, Gertrud mit den Händen abzuwehren, dabei ist er ein paar Schritte nach hinten getaumelt. Ich hörte noch einen Schrei, dann ist er in die Tiefe gestürzt«, sagte er.

»Nacha isch der Gauner da unt’n ja in guater G’sellschaft. Dös da isch nämlich des berüchtigte Gnaumpenloch. Wenn’s den wirklich da oui g’worfen hat, lebt der sicher nimmer«, die Anwesenden sahen Korbinian Krug fragend an.

»Iatzt sagt’s grad, dass es die Sage vom Gnaump nit kennt’s?«, schüttelte der Landwirt den Kopf.

»Nein, davon habe ich noch nie etwas gehört. Wie geht diese Sage?«, fragte Gruppeninspektor Ferdinand Buchleitner.

»Also, wenn’s mi schun aso bettelt’s erzähl i sie halt. Horcht’s mir amol alle guat zua! Der Gnaump hat friager in Zirl unt’n g’lebt. Mit der Arbeit hat’s der Bursch nit g’rad g’habt. Dafür hat er pfladert und g’wildert. Wia er g’schtorbm isch, hat er trotzdem unt’n im Dorf weiter sei Un’wesn triebm. Na-

200

cha sein zwoa fromme Pater kemm'en, de habm des Haus aus'gsegnt, wo er g'wohnt hat. Den schwarz'n Gnaump ham sie mitg'nommen und in die Ehnbachklamm bracht. Seither treibt er si dort uma'namd. Dabei beschützt er hoamlich die Wilderer. Wenn in de a Jaga noch'glaffn isch, ham sie lei Jodeln brauch'n. Der Gnaump hat nacha zrugg'jodlt. Wenn die Wilderer nacha no amol g'jodlt ham, isch der Gnaump mit an teiflischen Wind, an Krawall und an G'schtank zu ihnen kemmen und hat die Jager damit vertrieb'm. Also passt's au, wenn's jodl'ts. Überhaupt da beim Gnaumpenloch. Sinsch kannt's leicht sein, dass er zrugg'jodlt und vielleicht sogar daher'kimmt. Nit dass er am End no oan von enk g'scheid beitelt«, sagte der Landwirt mit ernster Miene.

Die Umstehenden warfen sich alle fragende Blicke zu. Sie waren sich nicht sicher, wie sie die Geschichte, die ihnen Korbinian Krug gerade erzählt hatte, verstehen sollten. Aber niemand der Anwesenden traute sich zu lachen. Alle sahen sich verstohlen um. Vielleicht war ja doch etwas Wahres daran.

Kurz darauf waren sie wieder auf dem Weg zu ihren Autos, die oben am Weg standen. Mick wurde dabei von zwei Polizisten gestützt. Den abgestürzten Gangster wollte die Polizei, gemeinsam mit den Kollegen von der Alpinpolizei und der Bergrettung am nächsten Tag bergen. Jetzt in der Nacht war die Gefahr viel zu groß, dass noch jemand am Gnaumpenloch in die Tiefe stürzte.

Nach einer knappen Stunde kam die Gruppe wieder bei ihren Fahrzeugen an. Es hatte etwas länger gedauert, weil Mick wegen seiner Verletzung am Knie, öfter eine Pause benötigte. Alle waren erleichtert, endlich sicher zurück bei den Autos zu sein. Allzu viel gesprochen hatten sie auf dem Weg dorthin nicht. Die Geschichte vom Gnaump, die ihnen Korbinian Krug erzählte, hatte doch Spuren hinterlassen.

Am nächsten Tag machte sich am Vormittag eine fünfköpfige Gruppe von Alpinpolizisten und Mitgliedern der Bergrettung auf den Weg hinauf zum Gnaumpenloch. An der Stelle, wo der Albino abgestürzt war, seilten sie sich in die Tiefe ab. Sie brauchten nicht lange zu suchen.

Der zerschmetterte Körper des Mannes lag mit dem Gesicht nach unten zwischen zwei Felsen. Seine Gliedmaßen zeigten völlig verrenkt in alle Himmelsrichtungen. Wegen des unwegsamen Geländes forderten die Einsatzkräfte einen Helikopter an. Keine zehn Minuten später war ein Dröhnen zu hören, das rasch näherkam. Der Hall des Triebwerks wurde vom engen Tal der Ehnbachklamm zurückgeworfen. Gleich darauf tauchte ein Christophorus Hubschrauber am Himmel auf. Wie eine gelbe Riesenlibelle stand er direkt über ihnen. Der Föhn hatte inzwischen zwar ein wenig nachgelassen, doch der Wind blies immer noch heftig. Der Pilot hatte deshalb alle Mühe, den Helikopter an der richtigen Position zu halten.

Eine knappe Viertelstunde später wurde die Leiche des Albinos in einer Wiese bei Martinsbühel abgesetzt. Von dort wurde der tote Gangster in einen Leichenwagen umgeladen und in die Gerichtsmedizin nach Innsbruck gebracht, wo die Obduktion des Mannes geplant war.

Endlich Gewissheit

Seit Micks Entführung und dem Vorfall am Gnaumpenloch waren mittlerweile schon wieder ein paar Tage vergangen. Beide Jungs hatten noch immer kräftig mit dem zu kämpfen, was sie erlebt hatten. Der Gangster war zwar tot und sie noch am Leben, doch so einfach ließ sich das nicht abschließen. Das Geschehene hatte tiefe Spuren bei beiden hinterlassen, und es würde noch lange dauern, bis Mick und Mark das verarbeitet hatten.

Trotzdem verfolgten sie jede Neuigkeit, die es zu dem Fall gab, mit großem Interesse. Viktor Steinlechner versorgte sie dabei mit sämtlichen Informationen. Zum einen berichtete er regelmäßig in der Zeitung darüber, zum anderen informierte er die Jungs immer gleich als erste, wenn er etwas Neues in Erfahrung brachte.

Ein weiteres spannendes Kapitel in diesem Fall lieferte schließlich die Einvernahme eines Mannes, auf den die Polizei über das Mobiltelefon des Gangsters gestoßen war. Die IT-Spezialisten brauchten nicht lange, um das Gerät zu entsperren und die Inhalte auszuwerten. Der Albino hatte als Passwort sein Geburtsdatum gewählt. Bei der Sichtung der Daten stach ihnen eine Telefonnummer ins Auge, die der Gangster regelmäßig angerufen hatte. Diese Nummer gehörte zu einem Geschäftsmann, der für die Beamten beileibe kein Unbekannter war. Sie hatten ihn bereits länger im Visier und verdächtigten ihn, einer der Drahtzieher einer organisierten Schlepperbande zu sein. Bisher konnten sie ihm aber noch nie etwas Konkretes nachweisen. Damit wurde er seinem Spitznamen »der Aal« vollends gerecht. Mit tatkräftiger Unterstützung seiner Anwälte schaffte er es jedes Mal, sich geschickt aus allem herauszuwinden und sämtliche Vorwürfe zu entkräften. Der Mann residierte in einer noblen Villa mit Butler im Innsbrucker Stadtteil Hötting.

Als die Polizisten Carlo über den Geschäftsmann befragten, hüllte sich dieser zuerst darüber in Schweigen. Er behauptete, dass er diesem ominösen Boss noch nie persönlich begegnet war. Nachdem sich aber immer mehr Verdachtsmomente ergaben, dass der Albino zu einer internationalen Schlepperorganisation gehörte, für die auch der verhaftete Komplize des Albinos tätig war, brach der Mann auch hier endgültig sein Schweigen. Unter Tränen schilderte er den Beamten die Details zu jeder einzelnen Aktion. Er beschrieb den Polizisten, wie er zusammen mit dem Albino immer wieder neue Strategien ausgearbeitet hatte, um diese armen Menschen gegen horrende Summen, illegal und unbemerkt über die deutsche Grenze zu schmuggeln.

Damit hatten die Beamten endlich genügend Beweise in der Hand, um einen Durchsuchungsbeschluss bei dem dubiosen Geschäftsmann in Hötting zu erwirken. Bei der anschließenden Vernehmung stritt dieser zuerst alles ab und verlangte sofort nach seinem Anwalt. Doch die Tatsachen sprachen für sich. Bei der Überprüfung der Bankkonten des Verdächtigen wurden dann hohe Eingänge auf diversen Konten gesichtet, bei denen nicht nachvollzogen werden konnte, woher dieses Geld stammte. Der Mann hüllte sich dazu in Schweigen. Im Beisein seines Anwalts konfrontierten die Beamten den Geschäftsmann mit den Auswertungen der Telefondaten des toten Gangsters. Der Rechtsvertreter des Mannes erbat eine kurze Unterbrechung, um sich mit seinem Mandanten zu besprechen.

Nachdem sich die beiden ausgiebig beraten hatten, sprach nur mehr der Anwalt. Der versuchte die ganze Schuld auf den toten Gangster und auf seinen Komplizen zu schieben. Sein Mandant hätte nur die Fahrzeuge zur Verfügung gestellt. Alles andere wurde von diesen beiden Männern organisiert. Carlo, der im Nachbarraum verhört wurde, bestritt dies vehement. Er hatte zwar nie selbst mit dem Boss gesprochen, das lief immer über Sven, aber die Anweisungen kamen ganz klar von dem ominösen Chef. Den Beamten reichte dies aus, um den dubiosen Geschäftsmann in Untersuchungshaft zu nehmen.

Eine andere Information von Viktor Steinlechner betraf nur Mark. Der Journalist hatte nach dem Anreißer in der vorletzten Sonntagsausgabe der Tageszeitung groß über den Missbrauchsfall in dem Jugendheim berichtet. Diese Geschichte hatte ebenfalls wie eine Bombe eingeschlagen. Neben den vier Jugendlichen, die bereits in Haft waren, wurden der Heimleiter und sein Assistent unverzüglich vom Dienst suspendiert. Bei der sofort eingeleiteten Befragung stellte sich heraus, dass die Männer von den Vorgängen im Heim Bescheid wussten, aber nichts unternommen hatten. Wegen Verdunkelungs- und Fluchtgefahr wurde über beide die Untersuchungshaft verhängt.

»Das macht dich zwar nicht mehr lebendig, aber es ist zumindest eine kleine Genugtuung, dass diese Schweine dafür büßen. Damit finden wir beide endlich unseren Frieden, mein lieber Freund Max«, kritzelte Mark mit zittriger Handschrift auf ein Blatt Papier, nachdem er von Viktor Steinlechner diese Nachricht per SMS erhalten hatte.

Die Antwort auf die letzte offene Frage erhielten die Jungs zwar nicht mehr von dem Journalisten, trotzdem betraf es sie beide. Die Mutter von Mick hatte versprochen, dass sie ihrem Sohn die Wahrheit sagen würde, wenn er wieder heil zurückkam. Nachdem ein paar Tage vergangen waren, setzten sie sich nach dem Abendessen alle im Wohnzimmer ihres Einfamilienhauses in Oberhofen zusammen. Unter Tränen versuchten ihm seine Eltern zu erklären, dass er nicht ihr leibliches Kind war.

Zu ihrer Überraschung nahm Mick das nicht nur gelassen hin, sondern sogar sehr locker.

»Ich weiß gar nicht, was ihr habt. Da gibt es doch nichts zum Heulen. Außer ihr weint vor Freude. Für mich spielt es keine Rolle, ob ihr meine biologischen Eltern seid, oder nicht. Ihr beide seid Mama und Papa, und das werdet ihr auch immer bleiben«, Mick grinste, «Außerdem habe ich das ohnehin schon längst gewusst«, lachte er.

Seine Eltern sahen ihn fragend an. «Wie, du hast das gewusst? Das musst du uns erklären«, sagten beide gleichzeitig.

»Mark und ich«, er zögerte kurz, «also, wir wollten euch und Korbinian eigentlich gemeinsam damit überraschen. Unsere Ähnlichkeit ist nicht zufällig. Wir beide sind Zwillingsbrüder«, antwortete er.

Micks Mutter stieß einen spitzen Schrei aus. »Was! Wie ist das möglich? Woher weißt du das?«, rief sie.

»Ganz einfach, unsere Mama hat damals bei unserer Geburt statt einem Kind, eben Zwillinge auf die

Welt gebracht hat, und das waren wir«, Mick sah seine Eltern an, »nachdem Mark und ich uns ähneln wie ein Ei dem anderen, waren wir Anfang dieser Woche in einem Labor und haben eine DNA-Analyse gemacht. Das Ergebnis war über 99,99 Prozent mehr als eindeutig. Ich habe also einen Bruder«, grinste Mick.

Zu seiner Überraschung holte seine Mutter ihr Smartphone aus der Tasche. Sie wählte eine Nummer und stellte das Telefon auf laut.

»Fixsacklzement, wer ruaft um die Zeit un? I hun mi g'rad auf'n Diwan g'legt. Ja, Krug da! Sakrahaxen, was gibt's denn? Wer isch da?«, rief eine Stimme ins Telefon.

Mick sah seine Eltern an. Gleich wie er kämpften auch sie damit, nicht lauthals loszulachen.

»Entschuldige bitte die späte Störung, Korbinian. Aber wir müssten etwas Wichtiges mit dir und Mark besprechen. Wäre es für dich in Ordnung, wenn wir noch schnell auf einen Sprung bei euch vorbeikommen«, sagte Micks Mutter.

»Was, um die Zeit no?«, der Landwirt zögerte einen Moment, er schien auf die Uhr zu schauen, »Ja freilich, kemmt's halt, wenn's eppes wichtig's isch. Zefix, ausg'rechnet iatzt, wo die Nachricht'n kemmen und i schun die Pyjamahos'n un'hun«, hörten sie ihn im Hintergrund fluchen, bevor er auflegte.

Eine halbe Stunde später saßen sie alle gemeinsam in der Stube von Korbinian Krug in Zirl. Der Landwirt hatte sich eine blaue Arbeitshose angezogen. In der Eile hatte er gar nicht bemerkt, dass er die Hose verkehrt herum anhatte.

Mick und Mark saßen nebeneinander. Gertrud lag zu ihren Füßen. Max, der dreibeinige Kater, der inzwischen eine beachtliche Größe erreicht hatte, neckte die Hündin, indem er mit seiner rechten Vorderpfote ständig auf ihren Schwanz schlug. Jedes Mal, wenn sie mit dem Schwanz zuckte, sprang Max, der Kater, einen Satz nach hinten. Doch er versuchte es immer wieder auf das Neue.

»Megt's a Schnapsl, nacha redt sich's leichter«, der Landwirt sah die anderen an, »iatzt sagt's schun. Was isch denn so wichtig?«, fragte er.

Micks Eltern erzählten ihm, was sie vor kurzem erfahren hatten.

»Fixsacklzement, iatzt brauch i wirklich an Schnaps. Am Bescht'n glei an Doppelten«, der Landwirt schenkte sich den Hochprozentigen ein, »aber denkt hun i mir des eh. Dia zwoa kunnsch ja nit vun'anander unterscheid'n«, sagte er.

In den nächsten Wochen versuchten sie etwas über die Mutter von Mick und Mark herauszufinden. Die beiden Jungs hätten gerne mehr über ihre Herkunft erfahren. Doch vergebens, ihre Spur verlor sich, nachdem sie die neugeborenen Zwillinge zur Adoption freigegeben hatte.

Dafür gab es für Korbinian Krug eine Überraschung, mit der er nie im Leben gerechnet hatte. Der Landwirt war ein glühender Fan der Formel-1. Insbesondere verehrte er den, im Jahr 1994 beim Grand

Prix von San Marino in Imola tödlich verunglückten dreifachen Weltmeister Ayrton Senna aus Brasilien. Mark hatte das einmal erzählt, als er bei Mick zu Besuch war. Da wurde die gemeinsame Idee geboren, dem Landwirt als kleines Dankeschön für seine Hilfsbereitschaft und sein goldenes Herz etwas ganz Besonderes zu schenken.

Ein Bekannter von Micks Vater bot genauso ein Piaggio Ape Dreirad, mit dem Korbinian Krug schon lange geliebäugelt hatte, zum Verkauf an.

Der Landwirt staunte nicht schlecht, als er am darauffolgenden Wochenende aus dem Fenster sah. Auf dem Vorplatz des Hofes stand genau jene Ape, von der er immer geträumt hatte. Daneben grinsten die beiden Jungs, gemeinsam mit Micks Eltern und Viktor Steinlechner um die Wette.

»Fixsacklzement, des isch ja genau so a Ape, wie i sie mir schon immer g'wünscht hun. Sagt's amol, habt's es iatzt alle z'samm an komplettn Vogl oder was soll der Bledsinn? De hat sicher a Vermögen koscht«, Korbinian Krug schüttelte den Kopf, »na, es seid's mir a so a Bande. Aber Vergelt's Gott, es wisst's gar nit, was für a Freid es mir damit macht's«, stammelte er schließlich zu Tränen gerührt.

Epilog – April 2023

Der Pulsschlag von Mick erhöhte sich jetzt nahezu im Sekundentakt. Das Blut pochte derart in den Adern des jungen Mannes, dass es in seinen Ohren rauschte. Auch den Anderen stand die Anspannung deutlich in ihre Gesichter geschrieben. Noch vor kurzem herrschte fast Partystimmung auf knapp 2.700 Meter Seehöhe. Überall lief der Schmäh, um damit die Nervosität auf die bevorstehende Challenge wenigstens ein klein wenig auszublenden. Der Leiter des

Organisationskomitees hatte soeben an die Teilnehmenden des Rennens appelliert, mit Hirn zu fahren und auf Fair Play zu achten.

Mick nahm das nur aus der Ferne wahr. Ihm erging es gleich, wie allen anderen Athletinnen und Athleten, die sich gemeinsam mit ihm, im Halbkreis entlang des Grates in der ersten von drei Startgruppen formiert hatten. 555 Wagemutige aus aller Welt hatten die feste Absicht, von dem Biest, der Valluga aus, die unpräparierte Strecke, im Renntempo, bis hinunter nach St. Anton am Arlberg, zu brettern. Sie alle hatten eines der begehrten Tickets für diese ultimative Herausforderung ergattert, bei der es, neben Ausdauer, Kondition und Geschicklichkeit auch eine ordentliche Portion Mut brauchte. Doch im Moment ging es den Meisten einzig darum, die beste Position beim kurz bevorstehenden Massenstart für sich in Anspruch zu nehmen, denn die konnte schon auf den ersten Metern wichtige Sekunden bedeuten.

Für Mick spielte das eine untergeordnete Rolle. Er hatte sich einfach irgendwo in die Menge gestellt und hoffte, dass der Startplatz halbwegs passte. Er nahm das erste Mal an dem Rennen teil und war schon froh, wenn er heil hinunterkam. Zum Glück hatte er gleich nach dem Aussteigen aus der Gondel, den jungen Mann vom Parkplatz getroffen. Er polierte gerade am Belag seines Rennskis. Als er Mick erspähte, legte er seine Skier auf die Seite und begleitete ihn auf die Terrasse der Vallugabahn, um ihm von hier oben den Streckenverlauf des ersten Abschnitts zu zeigen.

Der junge Mann gab ihm auch den wertvollen Tipp, dass er beim Linksschwung an der Hütte, an der das Rennen vorbeiführte, genug Geschwindigkeit für das anschließende Flachstück mitnahm.

Aus dem Lautsprecher kam der Hinweis, dass der Startschuss in einer Minute erfolgte. Jetzt wurde es gleich ernst. Mick schloss die Augen und versuchte, sich zu konzentrieren. Trotzdem ging ihm auf einmal Korbinian Krug durch den Kopf.

»Ob er es noch geschafft hat, an ein Ticket zu kommen?«, dachte er, dann wurden auch schon die Sekunden von 10 nach unten gezählt.

Gleich darauf fiel der Startschuss. Jetzt kam Bewegung in die wilde Meute. Wie ferngesteuert stieß sich Mick vom Grat ab. Er duckte sich tief in die Hocke und sah dabei gleichzeitig nach rechts und links, ob genügend Abstand zu den Anderen bestand. Die Beschleunigung war enorm.

»Shit, geht das dahin. Das Wachs passt perfekt«, freute er sich.

Trotzdem war er irritiert über die hohe Geschwindigkeit, die er schon nach knapp einhundert Metern drauf hatte. Mick hatte einen optimalen Start erwischt, vor ihm rasten maximal zwanzig Andere auf den Abschnitt zu, wo die Strecke enger wurde. Das adrenalingesteuerte Gefühl, das ihm in diesem Moment durch den Kopf jagte, war eine Mischung aus Respekt, Ehrfurcht und Ehrgeiz. Der aufgewirbelte Schnee der Vorderleute fegte ihm um die Ohren und pikste wie Nadelstiche in seinem Gesicht. Dicht hinter ihm, konnte er die nachfolgenden Teilnehmer durch den Helm hindurch hören. Es rauschte, als ob er von einer Lawine verfolgt würde. Der junge Mann wurde kurz aus seiner Konzentration gerissen. Knapp hinter ihm registrierte er Schreie. Später erfuhr er, dass es einen Sturz gab, an dem gleich mehrere Läufer beteiligt waren. Mick raste unbeirrt weiter und konzentrierte sich darauf, mit niemandem zu kollidieren. Nach der Engstelle hatte er sich etwas Luft zu den Anderen verschafft. Er steuerte auf den Abschnitt zu, auf den er am wenigsten vorbereitet war; die erste Schlüsselstelle beim Rennen, der sogenannte »Schmerzensberg«. Nur Sekunden später erfuhr der junge Mann am eigenen Leib, was es damit auf sich hatte. Es waren zwar bloß 37 Höhenmeter, die zu bewältigen waren, doch der 150 Meter lange Aufstieg zum Valfagehrjoch zeigte ihm gnadenlos seine Grenzen auf.

Mick hatte die Skier abgeschnallt und geschultert. Schon dafür brauchte er ungewöhnlich lange. Bei den ersten Schritten sank er dann fast bis zu den Knien im aufgeweichten Schnee ein. Trotzdem kämpfte er sich mühsam weiter. Nach wenigen Metern keuchte er bereits wie ein alter Mann. Mick hatte die Höhe völlig unterschätzt. Er hatte zwar den Winter über unzählige Tage auf den Skiern verbracht und gemeint, er hätte ausreichend für den »Weissen Rausch« trainiert. Doch seine Skitage fanden fast alle am Gschwandkopf in Seefeld statt, der gerade einmal 1.500 Meter hoch war. Den Unterschied zur aktuellen Höhe auf der Valluga mit knapp 2.700 Metern, bekam er jetzt beinhart zu spüren. Micks Lungen schrien förmlich nach mehr Sauerstoff. Dazu fingen auch noch die Oberschenkel an, wie Feuer zu brennen. Zu allem Überdruss ließen ihn die anderen Teilnehmer beim Aufstieg regelrecht stehen. Es kam ihm vor wie eine halbe Ewigkeit, als er schließlich, zu Tode erschöpft, oben am Schmerzensberg ankam. Dabei war ihm klar, dass das noch längst nicht alles war.

Der junge Mann zitterte am ganzen Körper, als er sich wieder seine Skier anschnallte. Dazu schwitzte er unter seinem Rennoverall. Es fühlte sich an, als wäre er gerade in den Tropen und nicht am Arlberg. Er zog den Reißverschluss seines engen Rennoveralls etwas nach unten, um etwas mehr Luft zu bekommen, dann stieß er sich kraftvoll ab. Seine Skier gingen wieder ab wie eine Rakete. Nach zwei steileren Abschnitten raste er in einem Höllentempo in einem langgezogenen Linksschwung an der Hütte vorbei, die ihm Maris vorhin auf der Terrasse gezeigt hatte. Gleich darauf kam das lange Gleitstück und der so genannte Ziehweg bis nach Moos.

Mick hatte genügend Schwung mitgebracht, dass er diese Passage ohne Anschieben bewältigen konnte. Zufrieden registrierte er, dass er wieder Boden auf die anderen gut machte. Mick tauchte in geduckter Haltung in die schwarze Abfahrt Nummer 56 mit den hoch aufgeschobenen Schneehügeln ein. Im Nachhinein wusste er nicht mehr, was es war; Unkonzentriertheit, ein Fahrfehler oder einfach nur viel zu schnell. Der junge

Mann hatte sich gerade noch ziemlich sicher gefühlt, doch urplötzlich zog es ihm zuerst den linken Ski weg, dann riss es ihm beide Beine auseinander. In der nächsten Sekunde wurde sein Körper hart abgebremst. Er grub sich erst mit dem Gesicht tief in den Schnee, bevor es ihn gleich mehrmals überschlug. Bei dem Sturz hatte er beide Skier und die Stöcke verloren.

Mick rappelte sich mühsam wieder hoch. Zwei nachfolgende Läufer bremsten etwas oberhalb von ihm ab und sammelten seine Sachen ein. Er deutete ihnen mit dem Daumen, dass mit ihm alles in Ordnung war. Nachdem der junge Mann wieder seine Skier angeschnallt hatte, drehte er die Skispitzen Richtung talwärts. Mick war klar, dass er erst durch den Anstieg und dann durch den Sturz weit zurückgefallen war, trotzdem gab er nicht auf. Der nasse, schwere Schnee, der ihn ab hier erwartete, kostete zusätzlich Zeit und Kraft, denn den Speed von vorher, vertrug es jetzt nicht mehr.

Mühsam kämpfte er sich die Buckel entlang weiter nach unten. Dabei versuchte er sich, für den Rest der Strecke selbst zu motivieren. Mick wusste, dass es die Zielgerade noch einmal ordentlich in sich hatte. Hier warteten drei Hindernisse, die es, mit den Skiern in der Hand, zu überwinden galt. Diese Hürden gaben ihm dann fast den Rest. Völlig ausgepowert kam er nach dem Ritt über die Piste dort an. Schon beim ersten Hügel drohte er zu scheitern. Angefeuert von den Zuschauern im Zielraum bewältigte er ihn schließlich doch. Wie er die beiden anderen Hürden geschafft hatte, an das konnte er sich später nicht mehr erinnern. Kurz vor dem Ziel entdeckte er Mirjam. Sie stand gleich neben dem Zieleinlauf und feuerte ihn frenetisch an. Das gab ihm nochmals Kraft für die letzten Meter, die er ebenfalls zu Fuß, mit Skiern und Stöcken in der Hand, hinter sich bringen musste. Völlig apathisch taumelte Mick über die Ziellinie. Dort ließ er sich, nach neun Kilometer Abfahrt und 1.350 Höhenmetern, erschöpft in den Schnee fallen. Er brauchte eine Weile, bis er merkte, dass Mirjam neben ihm kniete.

»Schatz, du hast dieses Biest bezwungen. Ich bin so stolz auf dich. Du bist mein Held«, strahlte sie ihn an.

Mick hob den Kopf und sah seiner Freundin tief in die Augen.

»Nie mehr wieder. Das eine Mal reicht für den Rest meines Lebens«, stammelte er erschöpft, dann sank er in Mirjams Arme.

Mit einer Gesamtlaufzeit von knapp über 21 Minuten hatte Mick beim Weissen Rausch den 414. Gesamtrang erreicht. Das Ergebnis war ihm völlig egal. Nach dem traumatischen Erlebnis mit dem Albino war der junge Mann lange in psychologischer Behandlung. Ein wichtiger Schlüssel für seine Genesung war in dieser schwierigen Zeit seine Freundin Mirjam. Sie hatte in jeder Phase seines Lebens zu Mick gestanden und ihn dabei unterstützt, den richtigen Weg einzuschlagen und vor allem den Glauben an sich selbst wiederzufinden. All das hatte der junge Mann demütig und dankbar angenommen.

Die Challenge, der er sich beim »Weissen Rausch«
am Arlberg gestellt hatte, war ein klarer Beweis dafür,
dass er wieder das Steuer über sein Leben übernommen hatte. Er hatte das Biest Valluga bezwungen, da
zählte selbst ein 414. Gesamtrang wie ein Sieg.

Bei der Siegerehrung und der anschließenden Ö3
Party am Abend am Gertrud-Gabl-Platz in St. Anton am Arlberg ließ es Mick deshalb gemeinsam mit
Mirjam und seinen Eltern, die ebenfalls zum Rennen
gekommen waren, ordentlich krachen. Natürlich war
auch Korbinian Krug mit dabei. Der Landwirt aus Zirl
hatte es zwar trotz aller Bemühungen nicht geschafft,
eine Startnummer zu bekommen, doch das war längst
Schnee von gestern. Außerdem hatte er ihm am Vormittag ja noch eine Überraschung versprochen.

Unter die rund 3.500 Zuschauer, die hauptsächlich
im Zielbereich standen, hatte sich auch sein Zwil-
lingsbruder gemischt. Mick hatte ihn jetzt länger
nicht mehr gesehen. Mark war inzwischen ein inter-
national höchst erfolgreicher Rapper. Als »MaxV«
füllte er ganze Stadien und begeisterte seine Fans mit
Texten, die sein früheres Leben beschrieben. Der junge Mann hatte mittlerweile sogar ein eigenes Label,
das denselben Namen trug, den er auch als Pseudonym benutzte.

»Nacha, du Schneabrunzer. Hun i dir z'viel
versprochen. Der Bua isch geschtern extra weg'n dir
und dem depperten Rennen, wo sie mi nit mit'fahrn
ham lassn, aus Tsagreb kemmen. Do hat er morgen auf Nacht a Konzert im Stadion Maksimir.

Des isch des greschte Schdadion vu ganz Kroazien. Da metsch'n sich sinscht die Fuassballer vun Dinamo Tsagreb. Der Narrische hat sich extra an Tschät getschartert. Vom Innschbrugger Flughafen isch er mit'n Taxi nach St. Anton g'fahren. Er hat's g'rad no der'tun, dass er di g'sechn hat. Na, isch mir die Überraschung geglückt«, grinste Korbinian Krug, während er sich seinen breitkrempigen Filzhut zurecht rückte.

Mick hatte nur mehr mit dem halben Ohr hingehört. Die beiden Brüder lagen sich längst in den Armen. Dabei wurden sie von einer Horde Fans umzingelt, die alle ein Autogramm von Mark wollten. Als die jungen Leute die Ähnlichkeit der beiden bemerkten, wurden sie unsicher. Die Fans wussten nicht, wer von den beiden der Rapper war, den sie bewunderten. Den beiden Brüdern war das egal. Sie freuten sich einfach riesig darüber, sich widerzusehen.

»Gratuliere, eine echt geile Geschichte. Das würde ich mich nie im Leben trauen«, sagte Mark.

»Siehst du, ich hätte dafür die Hosen gestrichen voll, wenn ich auf einer Bühne stehen müsste«, Mick sah hinauf zum Galzig, »vielleicht gebe ich mir die ganze Geschichte nächstes Jahr wieder«, grinste er, was ihm sofort einen Seitenhieb von Mirjam einbrachte.

»Hast du heute nicht gemeint, dass du das nie mehr wieder im Leben machen willst«, sagte sie.

Die drei wurden jäh unterbrochen. Korbinian Krug gesellte sich zu ihnen und legte seine Arme um ihre Schultern.

»So, iatzt lassen mir's g'scheid krachen. Super
Leistung, Mick. Dafür derf'sch in Zukunft sogar
Korbie zu mir sag'n. Und negscht's Jahr fahrn mir
zwoa des Rennen mitan'and«, er winkte Micks Eltern
zu sich, »kemmt's her. Iatzt feiern mir insere boad'n
Schattenzwilling da!«, rief er freudestrahlend.

Anhang

Korbinian Krug's Sprüche - in deutscher Sprache

1. Kapitel - Eine grüne Piaggio Ape

»Fixsacklzement! Sauglump (Anm.: regelmäßig gebrauchte Fluch-/Schimpfwörter von Korbinian Krug), dummes! Ich hänge fest. Zefix (Anm.: regelmäßig gebrauchtes Fluch-/Schimpfwort von Korbinian Krug) noch einmal, wenn ich hier hineingekommen bin, muss ich doch auch wieder hinauskommen!«

»Lass das dumme Gerede, du Idiot du blöder. Im Flirschertunnel hat mich die Polizei herausgeholt. Das hat vielleicht einen Wirbel gegeben. Mit Blaulicht haben sie mich aus dem Tunnel eskortiert. Was kann ich denn dafür, wenn meine Ape mit der roten Nummerntafel nicht für eine Schnellstraße zugelassen ist. So eine dumme Vorschrift muss einem erst einmal einfallen! Das versteht ja kein Mensch, aber diese Sesselfurzer, die sich so etwas ausdenken, haben ja alle einen Chauffeur«

»das Beste kommt erst noch. Einen Fünfziger wollten die Polizeimützen von mir. Dann habe ich ordentlich aufgedreht, das kannst du mir glauben«

»das hätte ich besser nicht gemacht. Am Ende habe ich dann sogar einen Hunderter gezahlt. Der

222

Polizist hat gemeint, ich kann von Glück reden, dass
er mir nicht meine Ape abstellt und mich wegen
Beamtenbeleidigung bei der Bezirkshauptmannschaft
anzeigt. So eine Schweinerei, so eine dumme!«

»Mach dich nicht so wichtig. Mit dem Hunderter
wollte ich heute nach dem Rennen ordentlich feiern.
Außerdem, wenn du noch einmal Korbi zu mir sagst,
dann bekommst du eine Ohrfeige, dass dir vierzehn
Tag die Wange nachbrennt! Und jetzt hör auf so klug
daherzureden, sondern hilf mir lieber aus dem blö-
den Fahrzeug heraus, bevor ich mir noch das Kreuz
verreiße.«

»Sakra (Anm.: regelmäßig gebrauchtes Wort des
Erstaunens von Korbinian Krug) war das eng. Da
muss der Kreislauf erst noch in Schwung kommen.
Grüß dich, Mirjam. Endlich ein Lichtblick heute.«

»Wie hast du jetzt das mit der Nummer gemeint?
Das war hoffentlich nur ein Scherz, weil das doch
kein Problem sein wird, dass ich da heute mitfahre!
Ich kaufe mir bei der Liftkassa eine Karte für eine
einfache Fahrt auf die Valluga und dann lasse ich es
bei der Abfahrt ordentlich krachen. Oder glaubst, ich
habe heute meine Rennski umsonst dabei?«

»Ach so, das wäre ja noch schöner! Ja glaubst du,
ich habe den weiten Weg umsonst gemacht? Das werden wir noch sehen. Und wie ich da mitfahre. Ich
kläre das jetzt gleich drüben bei der Liftkassa. Was

glauben die denn, wer sie sind. Denen werde ich jetzt aber gleich ordentlich die Meinung sagen!«

»Das zeige ich dir noch, wie mir die eine Startnummer geben. Ich hoffe nur, das ich dort nicht zu viel Zeit brauche, weil es kommt noch wer zusehen. Aber das ist eine Überraschung. Da wirst du Augen machen.«

7. Kapitel - Unter mannshohen Brennnesseln

»Sakra (siehe Anm. 1. Kapitel), sind wir hier vielleicht beim Raumschiff Enterprise? Ich glaube es gar nicht mehr! Ihr seid ja schneller als die Polizei erlaubt. Haben sie euch jetzt hergebeamt, oder wie geht das so schnell? Gerade habe ich noch mit dem Notruf telefoniert und gesagt, sie sollen rasch einen Notarzt schicken und im gleichen Moment kommt ihr schon.«

»Was heißt hier langsam? Da hinten liegt ein junger Bursche! Dem geht es gar nicht gut. Wenn wir uns nicht beeilen, stirbt er. Kommt, ich zeige Euch den Weg.«

»Korbinian Krug heiße ich. Ich wollte nur die Brennnesseln dort hinten mähen. Wisst Ihr, ich habe eine kleine Landwirtschaft in Zirl. Lange mache ich das alles ohnehin nicht mehr mit, weil es kaum noch etwas bringt. Der Milchpreis ist im Keller. Für das Fleisch bekommt man auch immer weniger. Deswegen helfe ich nebenher hin und wieder mit Gärtnerarbeiten aus. Ein bisschen Rasenmähen, die Wassertriebe von den Bäumen zurückschneiden und solche Sachen. Der Besitzer von hier hat mich gebeten, ob ich ihm die Brennnesseln entfernen könnte. Am Tag war es heute wieder so heiß, deshalb habe ich bis zum Abend gewartet. Wie ich gerade meine Sachen aus dem Anhänger holen wollte, höre ich auf einmal ein lautes Miauen. Fixsacklzement (siehe Anm. 1. Kapitel), was ist denn das, denk ich mir noch. Aber das Tier hat nicht aufgehört, deshalb habe ich nachgesehen, was los ist. Dabei habe ich den Burschen dort gefunden. Da habe ich natürlich sofort alles stehen und liegen gelassen und bin gleich hin zu ihm. Den Rest habt ihr dann selbst mitbekommen.«

»Ja Fixsacklzement (siehe Anm. 1. Kapitel), das ist ja so aufregend wie im Krimi! Na, habe die Ehre. Und ich mitten drinnen. Was ist denn passiert?«

»Egal, ich habe ja nur gefragt. Hauptsache, dass der Bursche durchkommt, und dass es ihm bald wieder besser geht.«

8. Kapitel - Eine schwarze Mercedeslimousine

»Ja logisch. Ich habe ja gleich gewusst, dass ihr zwei ohne mich nicht weiterkommt.«

»Meldet euch, wenn ich helfen kann. Und vergesst nicht, dass ich diesen Bereich hier noch abmähen muss.«

»Was, ein Toter? Ich glaube es ja überhaupt nicht mehr! Ja Fixsacklzement (siehe Anm. 1. Kapitel), so ein Drama. Wie kommt der da mitten in das Brennnesselgestrüpp hinein?«

»Na habe die Ehre. Dann haben sie den ja umgebracht. Fixsacklzement (siehe Anm. 1. Kapitel) und ich mitten drinnen in der Geschichte. Muss ich jetzt vielleicht gar um mein Leben fürchten? Treibt sich der Mörder womöglich noch in der Gegend herum?«

»Ihr seid aber schon gut. Und wer kümmert sich dann um das Tier? Das hat ja nur drei Beine. Das Kätzchen da können wir nicht alleine hier zurücklassen.«

»Genauso habe ich mir das vorgestellt. Nein, den Tierschutz brauchen wir hier nicht. Ich nehme das Tier mit zu mir und damit basta. I hoffe nur, dass sich die Gertrud nicht allzu fest beschwert, sonst habe ich ein Problem.«

»Ha, ha, ich und verheiratet! Ein solch ein Unsinn. Ich bin ledig und das bleibe ich auch. Die Gertrud ist mein Hund. Ein vier Jahre altes, kohlrabenschwarzes, belgisches Malinoisweibchen.«

»Aber jetzt glaube ich es aber. Ein belgischer Schäferhund ist das. Weißt du jetzt, von was ich hier spreche?«

»Siehst du, jetzt sind wir quitt, weil das weiß ich
wieder nicht, dass ihr bei der Polizei auch solche
Hunde habt. Aber egal, ich muss mich sowieso zuerst
um die kleine Katze hier kümmern. Das arme Tier.
So jung und nur mehr drei Beine.«

»Jetzt lege ich noch das Gewicht hinauf, damit auch
alles sicher ist. Und wenn ihr meint, dass ihr mich hier
nicht mehr braucht, dann verschwinde ich eben.«

»So, du neunmalkluges Mädchen. Glaubst du etwa,
weil du eine Uniform trägst, hast du die Weisheit mit
dem Löffel gegessen?«, Korbinian Krug holte tief
Luft, »jetzt sage ich dir einmal etwas. Das ist ein Attest von meinem Arzt, dass ich von so einem dummen
Sturzhelm die Platzangst bekomme. Ich habe sogar
einen Sonderausweis von der Bezirkshauptmannschaft dafür, den habe ich leider nicht dabei. Der liegt
aber daheim im Schrank. Außerdem schützt mich
mein Filzhut viel besser, weil ich nicht in meiner Bewegungsfreiheit eingeschränkt bin und das Gehirn
mehr Luft zum Denken bekommt. So und jetzt fahre
ich, wenn ihr mich hier schon nicht braucht.«

»Ja Fixsacklzement (siehe Anm. 1. Kapitel), wirf
mich ja nicht ab, du blödes Gefährt.«

»Sakrahaxen, (Anm.: regelmäßig gebrauchtes Wort des Erstaunens von Korbinian Krug) habe ich mich jetzt erschreckt! Viel hätte nicht gefehlt, und die Katze wäre mir ausgekommen. Gertrud! Platz aber schnell!«

»Ja warum sagst du das nicht gleich? Bist dem Reden nach sicher ein Deutscher, oder?«, Korbinian Krug lachte, »sicher kannst du Wasser haben, auch wenn ein Deutscher bist. Wir sind ja schließlich in der EU, und da heißt es ja immer, dass wir Europäer zusammenhalten müssen. Obwohl es früher ohne den ganzen Aufwand auch nicht schlechter gelaufen ist. Das Einzige, was uns das hier in Tirol gebracht hat, ist viel mehr Verkehr. Jetzt fahren ja alle herum, wie es ihnen gerade in den Sinn kommt. Aber lassen wir das, weil das bringt nichts. Die Gescheiten oben in Brüssel haben ja sicher ein Geheimrezept und am Ende kommt trotzdem nichts heraus. Die werden schon noch draufkommen. Wie heißt es so nett. Die Geister, die ich gerufen habe. Hoffen wir nur, dass uns die nicht erdrücken.«

»Die Gießkanne steht gleich daneben. Nimm dir einfach so viel Wasser, wie du für dein Auto brauchst und stell mir die Kanne dann wieder hin. Wenn du sie nicht findest, melde dich nur, weil ich glaube nicht, dass du mit den schwarzen Sonnenbrillen etwas siehst, da hinten ist es ein bisschen schattig.«

»Ja sicher weiß ich das. Ich kenne mich auch in Deutschland sehr gut aus. Weißt du, ich komme ja viel in der Gegend herum. Zweimal war ich schon draußen in Mittenwald. Einmal bin ich sogar fast bis nach Garmisch hinausgekommen, aber leider ist mir kurz vor der Sprungschanze das Moped eingegangen«, er deutete auf das discoblaue KTM Ponny, »ein Kolbenfresser. Dann habe ich mit dem Zug heimfahren müssen. Das war vielleicht ein Aufwand, bis ich das Moped zurückbekommen habe und der Motor wieder repariert war.«

»Da bin ich überfragt. Ich weiß auch nicht, was da war. Die Katze ist mir heute quasi zugelaufen.«

»Aber nein. Außerdem war das gar nicht hier bei mir daheim. Ich war heute gerade vorhin draußen beim Gewerbegebiet in der Salzstraße hinter dem Bahnhof. Der Besitzer von dort hat mich gebeten, dass ich ihm die Brennnesseln schneide.«

»Ja genau weiß ich das natürlich auch nicht. Aber so wie sich das Tier bemerkbar gemacht hat, nehme ich das einfach einmal an. Die Polizisten haben zwar gemeint, dass sich auch der Tierschutz darum kümmern könnte. Ich hatte erbarmen und die Katze praktisch adoptiert. Zumindest so lange, bis es dem Burschen wieder besser geht, falls er die ganze Geschichte überhaupt überlebt.«

»Brav, Gertrud! Und jetzt Platz aber schnell!«

»Nein, was sollte der denn noch gesagt haben. Der war ja komplett dicht. Alkohol, Tabletten, Drogen, so ein Zeug eben. Ich habe doch keinen blassen Schimmer, mit was sich die Süchtigen zu dröhnen. Ja, mir tut der Bursche auch leid. Das war ja noch ein halbes Kind.«

»Fixsacklzement (siehe Anm. 1. Kapitel), Add..., das verstehe ich nicht. Die was?«

»Ja, es ist fürchterlich heutzutage. Vor allem, weil ein jeder nur noch mit englischen Ausdrücken herumwirft, die so ein einfacher Mann wie ich nicht versteht«, Korbinian Krug sah den Mann an, »aber Sie wollten doch Wasser für Ihr Auto? Weil ich sollte langsam weitermachen. Ich habe nicht Zeit, dass ich den ganzen Tag mit Ihnen plaudere. Schließlich habe ich eine Verpflichtung«, der Landwirt deutete auf die Werkzeugkiste, »ich muss mich um die Katze hier kümmern. Mit ihren drei Beinen kommt sie nicht weit. Die Kleine hat sicher einen gewaltigen Hunger. Außerdem müssen sich die beiden hier zusammengewöhnen, weil sie kennen sich ja nicht.«

»Du kleines, schwarzes Knäuel. Wenn du nur sprechen könntest. Sakrahaxen (siehe Anm. 8. Kapitel), ich bin sicher, du hättest eine Menge zu erzählen. Du wüsstest sicher, wie der Tote in die Brennnesseln hineingekommen ist.«

»Gertrud! Aus sage ich, aber schnell! Und jetzt mach sofort brav Platz.«

»Ja was glaubst du denn! Da draußen war heut ein Wirbel! Einen Toten haben sie gefunden. Das muss man erst einmal verdauen, das war vielleicht ein Auflauf. Die beiden Polizisten waren ganz aus dem Häuschen. Mitten in den Brennnesseln drinnen ist er gelegen. Das war wie in einem Tatort Krimi und ich, mitten drin.«

»Genau, das habe ich vorhin die Polizei auch gefragt. Von selber kann der sicher nicht dort hineingelaufen sein, der war ja gewiss schon vorher tot. Aber statt einer Antwort haben sie nur gemeint, ich soll verschwinden, weil das jetzt ein Tatort ist und keine Spuren verwischt werden dürfen. Dabei hätten sie den Toten ohne meinen Rechen gar nicht gefunden. Den habe ich ihnen geliehen. Aber was kannst denn von den Polizeimützen auch schon anderes erwarten. Dann habe ich die Katze hier genommen und bin nach Hause gefahren. Schließlich muss sich ja jemand um das Tier kümmern.«

»Passt schon. Habe die Ehre.«

9. Kapitel - »Nägel mit Köpf«

»So, jetzt mache ich aber wirklich Nägel mit Köpfen. Weil, ich darf den armen Burschen nicht im Stich

lassen. Junkie hin oder her. Der hat in seinem jungen
Leben schon genug mitgemacht. Wenn der wirklich
die Kurve kratzt und von dem Unsinn loskommt,
dann kann er bei mir wohnen, weil ich glaube nicht,
dass der jemanden hat, der sich um ihn kümmert.
Die kleine Katze von ihm habe ich ja eh schon. An
Platz fehlt es bei mir Gott sei Dank nicht und mit der
Gertrud wird er sich sicher auch vertragen«, er trank
einen Schluck, »ja, genauso mache ich das.«

»Fixsacklzement (siehe Anm. 1. Kapitel), so eine
Bürokratie! Zefix (siehe Anm. 1. Kapitel) noch einmal, ist das kompliziert. Das heißt also, ich muss jetzt
extra auf die Bezirkshauptmannschaft in Innsbruck?
Aber ihr kennt mich doch. Kannst nicht du hinschreiben, dass ich ein ehrbarer und unbescholtener Bürger
bin, und dass es der Bursche bei mir sicher gut hätte?
Das wird wohl genügen, wenn du das für mich be-
stätigst. Zirl ist ja keine Grattlersiedlung*, oder? Wir
sind sogar seit Juni 1984 eine richtige Marktgemeinde, obwohl von der Größe her müssten wir schon
längst eine Stadt sein. Mit solch einem Hintergrund,
könntest mir die Bestätigung doch ausstellen, oder
nicht?« (* Grattler wird mundartlich abwertend gebraucht für finanziell schwache Personenkreise)

*»Sakrahaxen (siehe Anm. 8. Kapitel), heute läuft die Ma-
schine wieder wie geschmiert. Wenn das kein gutes Omen ist.
Ich muss nur aufpassen, dass mir bei dem Tempo der Fahrtwind
den Filzhut nicht vom Kopf weht. Habe die Ehre, das geht ja*

fast so schnell dahin, wie seinerzeit beim Giacomo Agostini (mit 15 Weltmeistertiteln und 122 Grand-Prix-Siegen gilt der Italiener als einer der besten Motorradrennfahrer der Geschichte) auf seiner MV-Augusta.«

»Sprichst du vielleicht mit mir?«

»Dann ist ja eh alles in Ordnung. Und jetzt geh mir aus dem Weg, weil ich habe gerade einen wichtigen Behördengang vor mir.«

»Geh, mach dich nicht so wichtig, du Möchtegern. Aber wenn du meinst, schiebe ich eben mein Moped da hinüber, damit du endlich Ruhe gibst.«

»Na habe die Ehre, so ein blöder Zufall, der Mann hat mir gerade noch gefehlt. So wie der draußen vor der Tür drauf war, werde ich, von dem sicher nicht viel erfahren. Mir bleibt auch wirklich gar nichts erspart.«

»Entschuldigung der Herr, wo finde ich da in dem Haus die Jugendabteilung, weil ich hätte ein dringendes Anliegen?«

»Zefix (siehe Anm. 1. Kapitel) noch einmal, für was brauche ich denn so etwas? Fixsacklzement (siehe Anm. 1. Kapitel), wenn es um Leben und Tod geht, braucht man doch keinen unnötigen Termin, da muss man handeln, bevor alles zu spät ist.«

»Nein, aber das werde ich schon finden. Innsbruck ist ja schließlich nicht Tokyo oder New York, dort würde man sich eher verlaufen. Außerdem spricht man bei uns ja Deutsch, dann kann ich mich ja durchfragen.«

»Habe die Ehre, das ist ein Service, Sakrahaxen (siehe Anm. 8. Kapitel). Vergelt's Gott tausend Mal. Und entschuldigen Sie bitte noch einmal, dass ich Sie vorhin wegen meinem Moped so angefahren habe. Das war nicht so gemeint, aber die Geschichte von dem Burschen lässt mir einfach keine Ruhe«

»Das ist gleich wie beim Lotto. Wenn man es nicht versucht, wird man es auch nicht erfahren, ob man gewonnen hat. Einen Versuch ist es deswegen allemal wert. Also, pfiat di Gott und habe die Ehre« »und vielen Dank noch einmal für alles.«

10. Kapitel - Unter Beobachtung

»Habe die Ehre zusammen. Ich wäre jetzt hier, um den Burschen abzuholen. Wir haben es aber ein wenig eilig, weil das Taxi steht vor der Tür und der Taxameter läuft. Nicht, dass ich am Ende noch so viel bezahle, dass ich arm werde.«

»Meister, wenn du dich ein bisschen beeilst, dann sind wir in einer halben Stunde in Zirl.«

»So gefällt es mir, aber so schnell wie eine Rakete musst nicht fahren. Sonst verglühen wir am Ende noch. Es reicht völlig, wenn du auf das Gas drückst, wie damals der Ayrton Senna, weil der hat mich echt fasziniert. Neben seiner Rennfahrerei hat der sogar eine Stiftung für Straßenkinder in Brasilien ins Leben gerufen. So etwas gefällt mir. Ewig schade, dass der Bursche 1994 beim Rennen in Imola verunglückt ist. Aber wenn wir es schaffen, dass wir in einer halben Stunde daheim sind, bekommst du ein ordentliches Trinkgeld von mir«

»Da schaust du, was? Die beiden sind von Anfang an ein Herz und eine Seele gewesen. Als ob es die Gertrud spüren würde, dass man auf das dreibeinige Männchen besonders aufpassen muss. Dabei weiß der sich selber gut zu helfen.«

»Schau nicht so. Mir ist gerade ein Staubkorn ins Auge hineingekommen. Fixsacklzement (siehe Anm. 1. Kapitel), noch einmal, so ein blöder Wind. Könnte der nicht woanders wehen?«

»Zefix (siehe Anm. 1. Kapitel), lass sofort die Katze frei. Der Max hat mich gerade fest in den Arm gekratzt. So ein wilder Teufel. Ich laufe schnell ins Haus und hole mir ein Pflaster, bevor sich das entzündet.«

»Ja, freilich. Was glaubst du denn? Wir haben ja genug Platz hier im Haus. Es könnte nur sein, dass der

Max und die Gertrud in der Nacht lästig werden. Die beiden sind völlig aufgedreht wegen dir. Da könnte es leicht sein, dass sie bei dir schlafen möchten. Wenn sie nicht brav sind, schickst du die Tiere einfach aus dem Zimmer, damit du Ruhe hast. Apropos Ruhe. Ich lasse dich jetzt alleine, damit du ein wenig in deinem neuen Zuhause ankommen kannst.«

»Aber vergiss bitte nicht, dass wir beide heute noch einen Termin bei der Polizei haben. Die sind bei dem Toten noch nicht weitergekommen. Auf dem Posten sind sie schon voll aus dem Häuschen, weil du eine Aussage über das machst, was du gehört und gesehen hast. Ich glaube, da macht es einen Ruck, wenn die im Radio und in der Zeitung den Namen des Gangsters bringen. Die Polizisten haben mir hoch und heilig versprochen, dass du dabei nicht genannt wirst. Du kannst dich aber immer noch anders entscheiden.«

12. Kapitel - Der Journalist

»Ich schaue rasch noch einmal hinaus in den Stall zu den Tieren, ob bei denen alles passt oder ob sie noch etwas zum Fressen möchten.«

»Sakrament (Anm.: regelmäßig gebrauchtes Wort des Erstaunens von Korbinian Krug), auf dieser Nummer hat schon lange niemand mehr angerufen.«

»Ja sicher wohnt der Bursche jetzt bei mir. Aber warum möchtest du das wissen? Ausserdem, wo hast du eigentlich meine Telefonnummer her, und woher weißt du das eigentlich? Mit euch Schmierfinken muss man sich nämlich ordentlich aufpassen, dass ihr einem nicht das eigene Wort im Mund umdreht. Das weiß ich von einem Freund, der schon einmal mit einem von euch zu tun gehabt hat.«

»Das kann ich dir jetzt auf die Schnelle nicht sagen. Der Bub ist ja erst seit gestern bei mir. Vom Gefühl her würde ich meinen, dass er im Moment nichts anderes als seine Ruhe braucht. Die Entscheidung liegt deswegen ganz bei ihm, ob er so etwas überhaupt möchte. Ich frage ihn gerne, ob das passt. Aber davor muss ich in den Stall nachschauen, ob die Tiere noch etwas brauchen. Wenn ich wieder zurückkomme, dann rede ich mit ihm. Melde dich in einer Stunde noch einmal, da weiß ich sicher mehr.«

»Schläfst du schon, oder kann ich dich etwas fragen?«

»Bevor ich in den Stall gegangen bin, hat das Telefon geläutet.«

»Das war ein Journalist, du weißt ja, so ein Schreiberling von einer Zeitung. Wenn ich mich richtig erinnere, heißt er Viktor Steinlechner. Eigentlich ganz sympathisch. Er hat gemeint, dass er gerne mit dir sprechen möchte. Es geht um die Geschichte in dem Heim, wo du warst.«

13. Kapitel - »Im Brunntl«

»Ich verspeise gleich einen Affen. Dieses Gesicht kenne ich doch.«

»Egal, aber da komme ich schon noch drauf«, er trank einen Schluck Kaffee, dann sah er auf die Uhr, »jetzt werde ich einmal den Burschen wecken. Er hat gestern vor dem Schlafengehen gemeint, dass er unbedingt mit mir ins Holz fahren möchte. Das Zeichen dafür passt heute perfekt. Komm, Gertrud, dann wecken wir den Mark einmal auf.«

»Mark! Kommst du, wir wollten heute ins Holz.«

»Warst du schon einmal im Holz?«

»Das gefällt dir sicher. Das Brunntal ist wie eine zweite Heimat für mich. Da war ich schon als Bub gerne. Aber heute haben wir ohnehin nicht so viel Zeit, weil es kommt ja noch der Journalist von der Zeitung.«

»Da unten ist der Fliesser Wald. Jetzt haben wir es nicht mehr weit, bis wir bei den Bäumen sind. Dann können wir gleich einmal mit dem Schlägern anfangen.«

»Ja Fixsacklzement (siehe Anm. 1. Kapitel), du Idiot
du blöder! Kannst du nicht aufpassen? So ein Trottel!«

»Zefix (siehe Anm. 1. Kapitel) noch einmal, du
Mopsgesicht. Möchtest du nicht zurückfahren, du
Kürbiskopf! Der Bergfahrende hat Vorrang, das weiß
bei uns jedes Kind.«

»Siehst du, Mark, so macht man das! Was glauben
die denn, wer sie sind? Das war sicher wieder so ein
beschissener Städter, der sich da herauf verirrt hat.
Oder am Ende gar so ein siebengescheiter Akademi-
ker. Dabei dürfte der mit seinem Auto hier herauf gar
nicht fahren, aber die Hauptsache ist, mächtig einen
auf wichtig machen. So ein Idiot!«

14. Kapitel - Schattenzwillinge

»Ruhig, meine Liebe. Das ist schon in Ordnung.
Das ist nur der Journalist von der Zeitung, der darf
ins Haus«, beruhigte Korbinian Krug die Hündin
und dirigierte sie durch den Hinterausgang hinaus in
den Garten, »ich gehe mit ihr eine Runde, dann habt
ihr eure Ruhe zum Reden.«

»Fixsacklzement (siehe Anm. 1. Kapitel), das gibt
es doch nicht! Hast du gesehen, Gertrud? Das war
gerade der Mark. Zefix (siehe Anm. 1. Kapitel) noch
einmal, wie kommt denn der Bub in das Auto?«

»Fixsacklzement (siehe Anm. 1. Kapitel), bin ich froh, dass ich deine Stimme höre. Jetzt habe ich schon gemeint, du bist der in dem Auto. Da ist einer drinnen gesessen, der hat gleich ausgesehen wie du. Als wäre es ein Schattenzwilling von dir. Wenn die Gertrud nur sprechen könnte. Die würde das sofort bestätigen, was ich gerade mit eigenen Augen gesehen habe.«

»Ja sicher, zefix (siehe Anm. 1. Kapitel) noch einmal. Ich habe mich bloß gerade so erschreckt. Aber das erzähle ich dir später, wenn ich wieder daheim bin. Ich beeile mich, versprochen.«

15. Kapitel - Die Hütte in den Bergen

»Mark, ich bin wieder zurück. Fixsacklzement (siehe Anm. 1. Kapitel), bist du denn wirklich daheim, oder wollte mich vorhin bloß jemand ärgern?«

»Ach Bub, ich kann dir gar nicht sagen wie froh ich bin, dass dir nichts passiert ist. Ich hatte schon die größte Sorge, dass du das warst!«

»Ja sicher, zefix (siehe Anm. 1. Kapitel) noch einmal. Wenn ich es dir sage. Als ob es ein Zwilling von dir gewesen wäre.«

»Zwölf Uhr, Sakrament (siehe Anm. 12. Kapitel) noch einmal! Komm, Mark. Schalt rasch den Fernseher ein. Da müssen wir gleich die Nachrichten ansehen. Vielleicht bringen sie dort etwas darüber.«

»Fixsacklzement (siehe Anm. 1. Kapitel), was habe ich gesagt. Zefix (siehe Anm. 1. Kapitel) noch einmal, das ist der Bub. Der schaut wirklich haargenau gleich aus wie du, oder?«

»Na, habe die Ehre. Ein Kriminalfall und ich schon wieder mitten drinnen im Geschehen. Die Polizisten werden Augen machen, wenn sie mich sehen.«

»Zefix (siehe Anm. 1. Kapitel) noch einmal, wo ist denn das nur? Ich habe die Nummer von den beiden doch damals gespeichert«

»Ah, da habe ich sie ja schon. Unter Buz (Polizei) habe ich die beiden abgelegt.«

»Fixsacklzement (siehe Anm. 1. Kapitel), mir wäre das zuerst gar nicht aufgefallen. Aber der Sturkopf hat mir mit den Händen gedeutet, dass ich mitsamt meiner Holzfuhre zurückfahren soll. Stellt euch das bitteschön vor. Dann hat es bei mir Granada gespielt. Was meint denn der blöde Mensch, wer er ist, zefix (siehe Anm. 1. Kapitel) noch einmal, habe ich mir gedacht. Wie ich an dem kleinen Auto vorbeigefahren bin, sehe ich auf einmal den Buben hinten sitzen«, der Landwirt sah die Beamten an, »ich brauche euch nicht zu sagen, wie ich erschrocken bin, als ich sah, dass der aussieht wie der Mark. Den Rest von der Geschichte kennt ihr. Jedenfalls ist das alles aufregender als beim James Bond. Langsam komme ich mir selber vor wie ein Geheimagent!«

16. Kapitel - Die Fährte

»Fixsacklzement (siehe Anm. 1. Kapitel), bleib stehen, du Idiot! Wir zwei haben sowieso von heute noch eine Rechnung offen. Aber das ist im Moment nicht wichtig. Und jetzt heraus aus dem Wagen, sonst bekommst du eine Ohrfeige, dass dir für die nächsten Wochen die Ohren zufallen.«

»Zefix (siehe Anm. 1. Kapitel), warum seht mich alle an, wie ein Kalb, das man auf der Wiese vergessen hat. Helft mir lieber. Das ist das Auto, von dem ich heute schon die ganze Zeit rede. In dem kleinen Wagen ist der Bub, den ihr alle sucht, gesessen.«

»Was hast du gerade gesagt, du blasses Männchen du? Ich hebe dich gleich aus den Schuhen, wenn noch einmal dein blödes Maul aufmachst. Aber davor bekommst du eine Ohrfeige, dass du glaubst, ein Flugzeug hat dich gestreift, du Idiot, du elender«, Korbinian Krug sprang wutentbrannt von einem Bein auf das andere, »Idiot sagt das mickrige Männchen zu mir. Ich glaube es ja gar nicht mehr. Dem werde ich es aber geben!«

»Zefix (siehe Anm. 1. Kapitel), darauf hätte ich jetzt vergessen.«

»Mark, komm schnell mit der Gertrud her.«

»Wir haben gerade die Schultasche von dem Buben bekommen«, er deutete zu Ferdinand Buchleitner, der die Tasche in der Hand hielt, »du hast ja vorhin gemeint, dass die Gertrud einmal daran schnuppern soll. Vielleicht haben wir ja Glück, und sie nimmt wirklich die Fährte von dem Buben auf.«

»Was habe ich euch gesagt. So heftig wie sie tut, ist der Bub ganz sicher in dem Auto gesessen. Genauso, wie ich es gesehen habe!«

17. Kapitel - »Das Gnaumpenloch«

»Fixsacklzement (siehe Anm. 1. Kapitel)! Jetzt beeilt euch endlich. Das hier ist kein Seniorenausflug. Da drüben sind die beiden Buben. Die Gertrud sitzt auch bei ihnen.«

»Zefix (siehe Anm. 1. Kapitel), ich glaube es gar nicht mehr. Spinne ich oder bin ich betrunken, obwohl ich überhaupt nichts getrunken habe. Die beiden Buben sehen ja komplett gleich aus. Als wären es Zwillingsbrüder. Ja, gibt's denn das? So etwas habe ich noch nie gesehen.«

»Einen Arzt! Fixsacklzement (siehe Anm. 1. Kapitel), wir brauchen rasch einen Arzt. Der Bub hier ist verletzt.«

»Und du sagst, der Gangster ist da hinuntergefallen?«

»Dann ist der Gauner ja in guter Gesellschaft. Das hier ist nämlich das berüchtigte Gnaumpm'loch. Wenn der da hinuntergefallen ist, lebt der sicher nicht mehr.«

»Jetzt sagt gerade, dass ihr die Sage vom Gnaump nicht kennt?«

»Also, wenn ihr mich schon so bittet, erzähle ich sie halt. Hört mir alle gut zu! Der Gnaump hat früher in Zirl gelebt. Mit der Arbeit hat es der Bursche nicht gerade gehabt. Dafür hat er gestohlen und gewildert. Als er gestorben ist, hat er trotzdem im Dorf weiter sein Unwesen getrieben. Dann sind zwei fromme Pater gekommen, die haben des Haus ausgesegnet, in dem er gewohnt hat. Den schwarzen Gnaump haben sie mitgenommen und in die Ehnbachklamm gebracht. Seither treibt er sich dort herum. Dabei beschützt er heimlich die Wilderer. Wenn sie von einem Jäger verfolgt wurden, haben sie nur jodeln müssen. Der Gnaump hat dann zurückgejodelt. Wenn die Wilderer dann noch einmal gejodelt haben, ist der Gnaump mit einem fürchterlichen Wind, Lärm und Gestank zu ihnen gekommen und hat die Jäger damit vertrieben. Also passt gut auf, wenn ihr jodelt.

Überhaupt hier beim Gnaumpenloch. Sonst könnte es leicht sein, dass er zurückjodelt und vielleicht sogar kommt. Nicht, dass er am Ende noch jemanden von euch ordentlich beutelt.«

18. Kapitel - Endlich Gewissheit

»Fixsacklzement (siehe Anm. 1. Kapitel), wer ruft um diese Zeit an? Ich habe mich gerade auf die Couch gelegt. Ja, Krug da! Sakrahaxen (siehe Anm. 8. Kapitel), was gibt es denn? Wer ist da?«

»Was, um diese Zeit noch?«

»Ja freilich, kommt vorbei, wenn es etwas Wichtiges ist. Zefix (siehe Anm. 1. Kapitel), ausgerechnet jetzt, wo die Nachrichten kommen und ich schon die Pyjamahose angezogen habe.«

»Wollt ihr einen Schnaps? Dann spricht es sich leichter«, der Landwirt sah die anderen an, »jetzt sagt schon. Was ist denn so wichtig?«

»Fixsacklzement (siehe Anm. 1. Kapitel), jetzt brauche ich wirklich einen Schnaps. Am besten gleich einen Doppelten.«

»Aber gedacht habe ich mir das bereits. Die beiden kann man ja nicht voneinander unterscheiden.«

»Fixsacklzement (siehe Anm. 1. Kapitel), genau so eine Ape habe ich mir schon immer gewünscht. Sagt einmal, habt ihr jetzt alle zusammen einen kompletten Vogel? Die hat sicher ein Vermögen gekostet«, Korbinian Krug schüttelte den Kopf, »nein, ihr seid mir eine Bande. Aber Vergelt's Gott, ihr wisst gar nicht, welch große Freude ihr mir damit macht.«

Epilog – April 2023

»Also, du Schneabrunzer (Anm.: jemand, der wenig Mut hat, ein Weichei – in diesem Fall ironisch gemeint). Habe ich dir zuviel versprochen. Der Bub ist gestern extra wegen dir und diesem bescheuerten Rennen, wo sie mich nicht mitfahren haben lassen, aus Zagreb gekommen. Dort hat er morgen am Abend ein Konzert im Stadion Maksimir. Das ist das größte Stadion von ganz Kroatien. Dort matchen sich sonst die Fussballer von Dinamo Zagreb. Der Verrückte hat sich extra einen Jet gechartert. Vom Flughafen Innsbruck ist er dann mit dem Taxi nach St. Anton gefahren. Er hat es gerade noch geschafft, dass er dich gesehen hat. Na, ist mir die Überraschung geglückt?«

»So, jetzt lassen wir es ordentlich krachen. Super Leistung, Mick. Dafür darfst du in Zukunft sogar Korbie zu mir sagen. Und nächstes Jahr fahren wir beide das Rennen zusammen«, er winkte Micks El-

tern zu sich, »kommt her. Jetzt feiern wir mit unseren
beiden Schattenzwillingen!«

Johann Kapferer, geboren am 25. Juni 1962, in Hall in Tirol. Seine Jugendjahre verbrachte er in Zirl.

Den Besuch der dortigen Hauptschule betrachtete er, zumindest die meiste Zeit über, eher als notwendiges Übel. Viel lieber streifte er nach der Schule mit seinen Freunden durch die Wälder, rund um die Ruine Fragenstein. Hier holte er sich auch zahlreiche Inspirationen für seine heutigen Kinder- und Jugendbücher.

Der Autor lebt mit seiner Familie in Oberhofen im Inntal, im Tiroler Oberland.

Johann Kapferer begeisterte sich schon immer für das Schreiben von Geschichten. »Das sind die Abenteuer im Kopf, die sich jeder Mensch nach seinen eigenen Vorstellungen selbst gestalten und erschaffen kann. Zudem eröffnet sich dadurch die wunderbare Möglichkeit, diese Abenteuer in ein Buch zu gießen und die Geschichten mit Kindern, Jugendlichen und natürlich auch mit Erwachsenen zu teilen«.

Mit dem Verfassen von Manuskripten für Kinder- und Jugendbücher hat Johann Kapferer im Jahr 1998, während seiner damals täglichen, beruflichen Zugfahrten, zwischen Innsbruck – Kitzbühel und retour, begonnen. Mit dem Jugendkrimi »Schattenzwillinge« liegt sein aktuell 7. Werk vor.

Der Autor begeistert heute Kinder und Jugendliche im Rahmen seiner Lesungen.
Informationen über den Autor und Kontakt unter:
www.johann-kapferer.at

Weitere Kinder- und Jugendbücher von Johann Kapferer:

Im Zeichen des Wolfsmondes
Jugendkrimi aus Tirol (ab 10 Jahre) mit Illustrationen von Christian „Yeti" Beirer, 2023
ISBN-13: 9783757807665

Die pfefferminzgrüne Lokomotive
Kinderbuch (ab 7 Jahre) mit Illustrationen von Christian „Yeti" Beirer; 2022;
ISBN 9783755710158

Die Rabengang
Kinderbuch (ab 9 Jahre) mit Illustrationen von Christian „Yeti" Beirer; 2021;
ISBN 9783753445588

Der zitronengelbe Omnibus
Kinderbuch (ab 7 Jahre) mit Illustrationen des Autors; 2021;
ISBN 9783753420691

Dobar und das gelbe Dschungelmonster
Kinderbuch (ab 6 Jahre) mit Illustrationen von Christian „Yeti“ Beirer; 2020;
ISBN 9783751902052

Dobar und die Tigergitarre
Kinderbuch (ab 6 Jahre) mit Illustrationen von Christian „Yeti“ Beirer; 2019;
ISBN 9783750409804

Zum Illustrator

Christian „Yeti" Beirer, Illustrator und Karikaturist. Geboren und aufgewachsen in Reutte in Tirol an einem Sonntag im September des Jahres 1966. Hat dort leidlich aber mit Erfolg eine Kochlehre gemacht und später Politikwissenschaft in Innsbruck studiert. Derzeit arbeitet er als freischaffender Illustrator und Künstler:

An Schulen und Kunstfestivals bietet er eine spezielle Buchwerkstatt für Kinder an.
Christian „Yeti" Beirers Kunstwerkliste umfasst zahlreiche Ausstellungen, Karikaturen sowie Kalender-, Buch-, und Plakatillustrationen sowie Bühnenbilder. Zuletzt hat er gemeinsam mit Peter Wallgram das Südtiroler, Tiroler und das Vorarlberger Almquartett sowie das Quartettspiel „Wildes Vorarlberg" herausgebracht.

Ausstellungen / Installationen / Bühnenbilder unter anderem in Wien, Innsbruck, Bruneck, Reutte, Hausach/Schwarzwald, Emsbüren, Meran und Moskau. Lesungen, Performance und „Kochshows" unter anderem in New York, Innsbruck und Wien.

Danksagung

Mein herzlicher Dank gilt all jenen lieben Menschen, die mich dabei so tatkräftig unterstützt haben, diesen Jugendkrimi aus Tirol, mit dem Titel »Schattenzwillinge« zu realisieren.

Ganz besonders danke ich aus tiefstem Herzen meiner Frau Jasminka und meiner Tochter Eva für ihr Verständnis. Meine Familie hat mir den Raum und die Zeit für die vielen intensiven Schreibphasen gegeben, die für das vorliegende Buch notwendig waren. Danke auch für ihre wertvollen Anregungen, die wesentlich dazu beigetragen haben, diese Geschichte mit Leben zu erfüllen.

Ein großes Dankeschön meinem lieben Freund und phantastischen Illustrator Christian »Yeti« Beirer für die wunderbare Covergestaltung und die Illustrationen, die den Figuren ein Gesicht schenkten und sie Gestalt annehmen ließen.

Im Besonderen danke ich meinen beiden Lektorinnen Jasminka Kapferer und Sabine Schletterer. Dank ihrem feinen Gespür für die Sprache haben sie wesentlich dazu beigetragen, der Geschichte und den handelnden Figuren den notwendigen Feinschliff zu geben.

Danke auch der lieben Lou von der Bibliothek Zirl für den wertvollen Input zur Sage vom »Gnaump«.

Ein herzliches Dankeschön an dieser Stelle auch an meinen Bandkollegen Dr. Gottfried Mischi (The

Early Grey Band) für die wertvollen Inputs zum Thema Entzug und Rehabilitation.

Großer Dank an Alexander Augustin für das perfekte Layout, das letztendlich zu dem Buch geführt hat, das Sie, liebe Leserinnen und Leser gerade in Händen halten. Ganz besonders bedanken möchte ich mich noch bei meinem lieben Autorenkollegen und Verleger Elias Schneitter, der durch seine tolle Unterstützung einen wichtigen Beitrag geleistet hat, dass ich nie den Glauben an die wunderbare Magie des Schreibens verloren habe.

Hinweis des Autors:
Die Handlung und alle Personen in dem Jugendkrimi aus Tirol »Schattenzwillinge« sind frei erfunden. Ähnlichkeiten mit lebenden oder bereits verstorbenen Personen bzw. Handlungen sind nicht gewollt und rein zufällig.

FSC
www.fsc.org
MIX
Papier aus verantwortungsvollen Quellen
Paper from responsible sources
FSC® C105338